下
LE CYCLE DU SOLEIL NOIR
LA NUIT DU MAL
Witten by
Éric Giacometti
Jacques Ravenne
邪神《メシア》の覚醒
エリック・ジャコメッティ＆ジャック・ラヴェンヌ
大林薫［監訳］
江村諭実香／郷奈緒子／練合薫子［翻訳］
竹書房文庫

LE CYCLE DU SOLEIL NOIR Volume 2) La nuit du mal
by
Éric Giacometti and Jacques Ravenne

邪神《メシア》の覚醒　下

◆本作に登場する主要舞台地◆

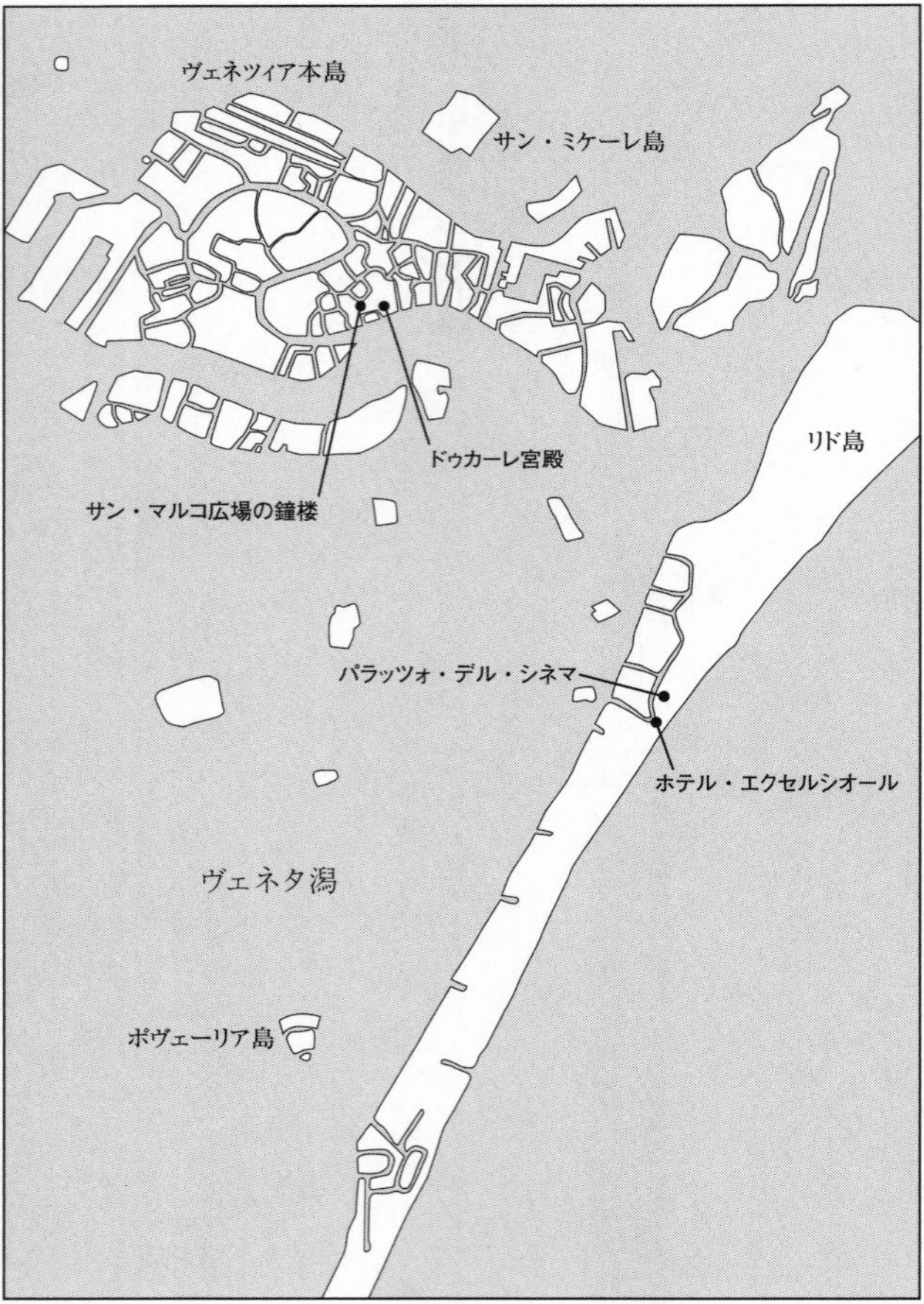

第二部〈承前〉

三一

一九四一年十一月
ロンドン
ダウニング街一〇番地

マローリーは眉をひそめた。この人がそれを知っているはずがない。

「なんのことでしょうか」

クラークフィールドは片目をつぶってみせた。

「ああ……。極秘事項でしたね。まあ、それはともかく、われわれのとりなしが功を奏したようでとても嬉しいですよ」

「では、あなたが首相に掛けあってくださったのですか?」

男女を問わずイギリスに影響力を持つ有力人物が集うとされる〈ゴードンクラブ〉のメンバーにプレゼンテーションをしたとき、マローリーは、いったいこの中の誰が自分を支持してくれるのだろうと思ったものだった。

「いいえ、あの会合に参加していた大物の特使のご尽力によるものです。確かにレリックが情勢を変えてくれればいいのですが。現在、ひじょうに難しい状況にありますので」

「状況はそこまで厳しいのでしょうか?」

「ええ、そうです。イギリスが本土上空の航空決戦をなんとか制したら、ドイツはほかの地域への攻撃の手を強めるようになりました。現在、ソ連に進撃を続けていますが、このままいけば、クリスマスまでにスターリンはドイツ兵の手で吊るし首にされるでしょう。リビアでは、あのロンメルめが率いるドイツアフリカ軍団(注32)が戦果を上げ、バルカン半島全域もドイツの手に落ちています。中東ではアラブ民族主義者たちがアプヴェーアより軍事支援を得て、反英政策を遂行しています」

「しかし、悪い知らせばかりでもないでしょう。アメリカが軍需物資の供与を増やしたと聞いています」

「まあ、時間稼ぎにしかならんでしょう。それにわたしは……」

　チャーチルの特別秘書が近づいてきた。

「マローリー司令官、首相がお会いになるそうです。念のため申し上げますが、時間は十分しかありません。このあと首相はバッキンガム宮殿に行かなければなりませんので」

「では、〈ブルドッグ〉によろしく」クラークフィールドは言った。「よろしければ、今度お付き合いください。ご一緒に食事でもいかがですか。友人を紹介しましょう。あの晩、ナチスの思想についてあなたの見解を伺い、わたしは目の覚めるような思いがしました」

「機会がありましたら、ぜひ……。ですが、参謀本部にはめったに行かないもので……」

「参謀本部ではありませんよ」

クラークフィールドが手を差し出した。今度は親指を曲げた独特な握り方をする。

「ロンドン・グランドロッジで」クラークフィールドが囁いた。

「グリーン・デビル」

マローリーは微笑んだ。大将も同じくフリーメイソンなのだ。クラークフィールドはマローリーの肩を叩くと、部屋を出ていった。


マローリーは首相の執務室に入った。部屋は質素で、控えの間のような派手な装飾品は置いていない。旗と国王の肖像画と作戦地図が掲げられているのみだ。唯一、トラファルガーの海戦を描いた絵画だけが飾りだった。チャーチルは機嫌が悪そうである。マローリーが口を開くより先に、機関銃のように言葉を繰り出した。

「司令官、これまたずいぶんと馬鹿げた真似をしてくれたな。ロンドン塔の刑務所長からの報告を読んだぞ。きみと連れのいかがわしい男の首をちょん切って城壁の一番高いところに晒してやりたいそうだ。きみたちのせいでヘスはおかしくなって、精神病棟に移送されたらしい。ＭＩ５のトップからもクレームが来ている。きみをパラシュートなしでフランスの上空から降下させろとね。こんなことが続くようなら、きみの魔術と占いの部署は冬を越せないぞ」

「催眠状態にして情報を聞き出そうとしたのですが、失敗しました。誠に遺憾です」

「それはこっちの台詞だ。だが、その一方で……」

チャーチルはそう言いかけて、親指ほどの太さの葉巻に火を点けた。

「……一方で、わたしの面目は潰さずにおいてくれた。MI5の連中はあの男から何も聞き出せなかったのだ。きみたちがちょっかいを出す前から、ヘスには明らかに精神障害の徴候が見られた。あとにも先にも一回きりだが、わたしはヒトラーに同意するよ。ヘスは気が触れている」

それを聞いて、マローリーは胸のつかえが下りた。

「ところで」チャーチルが続けた。「レリックのほうは無事にアメリカへ送り出したのか？」

「はい、現在、コーンウォリス号で輸送中です。二隻の潜水艦が護衛しています。うまくいけば、予定どおり二日後に目的地に到着します」

「せめてレリックの力でルーズベルトに宣戦布告させることができれば、こんなに喜ばしいことはないいんだがな」

「アメリカ大使は首相のご意見に及び腰のようでしたが」

「そうでもないぞ。ジョンは律儀な男だ。わたしは全幅の信頼を置いている。それに、あの男は家族みたいなものだ。なんといっても次女のサラの愛人だからな」

マローリーは目を丸くした。またいつもの冗談だろうか？　自分はからかわれているのだろうか？　マローリーの驚きをよそに、チャーチルはしかめ面をして、山高帽をひっくり返したような形の灰皿に葉巻を押しつけて火を消した。

「くそっ。また混ざりものだ！　まったく、まともなロメオ・イ・フリエタ(注33)をよこしてくれる者はおらんのか……。それはそうと、わたしの記憶が確かなら、回収せんといかんスワスティカ《鉤十字》がまだ二つあるな。そっちのほうはどうなっている？」

「ヒムラーの近辺で張っているエージェントから連絡が入っています。新たに動きがありました。ジョン・ディーが次の手がかりを摑みました。特殊部隊の派遣準備に入らなければなりません。ご承認をいただきたいのですが」

「よし、いいだろう。今ならスターリンとキスをしてやってもいいぞ。それでうまくいくのであればな。そのエージェントはどうやって連絡してきたのだ？」

「ドイツのカトリック系レジスタンスの組織網を通じてメッセージのやり取りをしています」

「結構。最後に一つ。きみがあの変態クロウリーの手を借りたことについてだ。いいか、あいつには関わるな」

「なぜでしょうか？」

「当たり前だ！　あの馬鹿は〝勝利のV〟キャンペーンについて、わたしがVサインをしているのは自分がアイディアを授けたからだなどとぬかし、そこら中に吹聴してやがる」

「ご存じでしたか」

「あいつには二度会ったことがあるが、思い出しても胸糞が悪くなる。とんだ下衆野郎だ。あんなサタンの手先がきみのチームにいるとは考えたくもない」

「もちろん、あの男が外道であることは重々承知しています。ですが、あのような魔術師はそうそういるものではありません。そのうえ、あの男は戦前に何度もドイツやイタリアに渡っています。そこで実にさまざまなオカルト世界の人間と接触しているのです。とりわけその指導的地位にいる人物に多くの知己を得ています。われわれにとっても、それは有利に働くに違いありません」

　マローリーは地獄の火《ヘルファイア》クラブの女主人から脅されていることと、対ドイツ諜報機関の攪乱工作については伏せておくことにした。

　しかし、チャーチルは頑として、応じる様子はないようだ。

「まったく、あいつの人脈は多岐に及んでいるからな！　きみはあいつの家でタロットカードを見せられなかったか？」

「ええ、見ました」

「やはりそうか。カードの絵は、枢密顧問官パーシー・ハリス卿の夫人、レディ・フリーダ・ハリスが描いたものなんだ。わたしは警告しておいたんだが、パーシーはあいつと馬が合うようでね。国会まで見学させてやっている。クロウリーがまだ若かったら、夫人に手を出していたかもしれんぞ」

「首相がお怒りになるのはごもっともですが」

チャーチルは椅子から立ち上がると、後ろ手を組んでマローリーの前を行ったり来たりした。

「しかしだな、クロウリーが国王陛下にお仕えするのは、さもありなんとも思う」

「どういうことでしょうか」

チャーチルはマローリーの前に立った。

「わたしは心底確信しているのだ。けしからんことばかりをしているにもかかわらず、クロウリーは何十年ものあいだ、ずっと庇護を受けてきた……」

そう言って、チャーチルは机の後ろの壁に掛けられた肖像画を見やった。

思わずマローリーは身を固くした。

「国王陛下の庇護を受けていたと?」

「国王ではなく、国王一族だ。ジョージ六世がまだ学生だった頃に、クロウリーはウィンザー家から不当な恩恵を受けていた」

「なぜまた?」

「わからん。おそらくはウィンザー家の秘密を握っているのだろう。繰り返すが、奴と手を切らなければ、おまえを絞首刑台送りにするぞ」

三二

一九一八年十一月十一日
パーゼヴァルク野戦病院

ポンメルン地方のパーゼヴァルクでは、穀倉地帯を牛耳る風が、季節ごとにくるくるとその表情を変える。ときにヒュルヒュルと舞い、ときに激しく泣き叫び、ときにごうごうと唸りを上げて。古くからこの地にあった館が精神病院に改装されたのは二十世紀の初めのことだが、その試みは大失敗だったと言わねばなるまい。患者たちは鼓膜を執拗に攻撃する風の音に悲鳴を上げ、殺人や自殺に走る者が相次ぐ前に、病院は早々に閉鎖される運びとなった。

やがて戦争が始まると、かつての精神病院は野戦病院に転用され、毒ガスを吸った何万というドイツ兵がそこに運びこまれてきた。彼らには肺に新鮮な空気を取りこむことが必要不可欠だったのだが、絶え間なく吹きつけるポンメルンの風はその治療にまさにうってつけであり、奇跡的な効果をもたらしたのである。毎日引きも切らずに幌付きのトラックがやって来ては、重体の人間を大量に降ろしていく。負傷兵はみな胸の上で両手を震わせ、口でわずかに息をして、消えかかった命を繫ぎとめようとしているような者ばかりだった。


「気をつけて。左にお墓があります。お願いですから、けつまずかないでくださいよ。埋葬したばかりなんだから」

　毎朝自分を散歩に連れ出す看護師の不機嫌そうな物言いに、アドルフは苛立ちを募らせていた。その面倒臭そうな声にしてもそうだが、わけてもその髪の放つ生乾きのような臭いといったら……もう我慢の限界だった。

　視力を奪われてからというもの、アドルフにとっては嗅覚が、外界の情報を得るための拠りどころとなっている。とはいえ、ここでうっとりするような匂いに出会えたためしはない。共同寝室に染みついた小便臭。慌ただしく運ばれてくる食事から立ち上る腐臭。どこへ移動しても、胸の悪くなるような臭いばかりだ。一方で、耳に入ってくる情報も当てにはならなかった。西部戦線から搬送されてきた負傷兵たちは、ドイツを縦断してきたらしいが、貧困と飢餓にあえぐ国の惨状しか口にしない。だが、アドルフ自身はそんな光景を目の当たりにしたことなど一度もないのだ。

　視力を失ったアドルフは、貨車に押しこまれ、ひどい悪臭と、不潔な環境と、そして、明けることのない夜の闇の中を揺られて、パーゼヴァルク野戦病院に連れて来られた。そこで下された診断は――完全失明。医師は「神に祈って視力を取り戻しましょう」と言った。けれども、アドルフは神を信じていない。つまり、このまま永久に盲目だということだ。

「じゃあ、そろそろ戻りますよ。気をつけて、こっちを向いて」

「新聞は届いていますか？」アドルフは訊いた。「読み上げてほしいのですが。せめて見出しだけでも」

「新聞？　ああ、だめだめ。どっちみち、悪い知らせしかないんだから」

「悪い知らせって？」

「ドイツが負けたのよ。休戦を申し入れたの！」

アドルフは、狭い簡易ベッドに横になり、両手でシーツの端をぎゅっと握りしめていた。これまで、どんなことでも耐えてみせた。空腹、貧乏、侮蔑、屈辱……どんなことでも。しかし、敗戦はそれとはわけが違う。アドルフは止めを刺された思いだった。今度という今度は、もう立ち直れないだろう。無為な人生に意味を与えてくれた戦争、自分を家族のように受け入れてくれた軍隊。それらを失った今、もはや自分は何者でもない。永久に敗者でいるしかないのだ。目も見えない。心も折れた。アドルフは病院着をまくり上げると、肌身離さず持っていた手帳を取り出した。なのに、なかなかそれを開くことができない。西からは連合国が攻勢をかけ、東側では共産主義革命が起き、身動きがとれなくなってしまったドイツ。アドルフはまるで自身がドイツであるかのように、胸が苦しくなった。

ようやくアドルフは震える手で手帳を開いた。最後に描いたページの角は折ってある。アドルフは人差し指を紙の上に滑らせた。鉛筆の跡を確かめるまでもない。そこに何が描かれているかはよくわかっている。スワスティカだ。すると、突然気持ちが昂ぶり、アドルフはウィーンでのことを思い出した。帝国図書館で閲覧した〈オースタラ〉、ランツとの出会い、そして、ハイリゲンクロイツ修道院で過ごした不思議な夜……。指を折って数えてみた。あれからもう十年が経つ。その十年で、自分はいったい何をなしたか？　何もなさずに来てしまい、挙句の果てに視力を失った。

「起きろ、この怠け者！」

荒々しい手が、アドルフのくるまっていたシーツを剝ぎとった。息が思いきり酒臭い。誰なのかはすぐわかる。雑用係の男だ。前線に送られたくないばかりに、わざと人差し指――つまり、引き金を引く指である――を切断した卑怯者。その話は病院内では有名だ。それに、この男は革命的な思想を広めているらしい。噂によれば共産主義者であり、部屋にレーニンの肖像画を隠し持っているという。

「仲間を連れてきてやったぞ。まったく、類は友を呼ぶってことかね」

雑用係の足音が遠ざかると、時を置かず、隣でベッドのスプリングが軋んだ。

「ヒトラーさん！」嗄れ声がした。毒ガスにやられているらしい。「僕たちはこうして再会する運命にあったんですね」

アドルフははっとした。マスタードガスのせいでおかしくなっているが、確かに聞き覚えのある声だ。けれども、どこで聞いたのか？　塹壕線《ざんごうせん》でか、入隊したミュンヘンでか？

「もっと前ですよ」こちらの頭の中を見透かすように声が言った。「ウィーンです。マルガレーテン地区で。僕は煙草を吸っていました」

「信じられない！」アドルフは叫んだ。「あなたはまさか……」

「ヴァイストルトです」

「これは夢だ。あなたがこんなところにいるはずがない」

「いや、現実ですよ。あなたこそ、どうしてこんなところに？」

アドルフが答えようとしたとき、看護師の声が遮った。

「先生がお待ちです。わたしがお連れしますので」

看護師はそう言いながら、ベッドに近づいてきた。

「またあとで話しましょう。時間ならたっぷりありますから」ヴァイストルトはアドルフに声をかけた。

看護師に肩を支えられ、経帷子《きょうかたびら》のような病院着を着せられたアドルフがおそるおそる歩を進めていく。ヴァイストルトは、遠ざかっていくその背中を見送りながら、まるで今のドイツのようだ、と思った。打ちひしがれ、足もとのおぼつかないドイツ。あの男ももう長くはないだろう……。

診察室へ向かう廊下は興奮の坩堝《るつぼ》と化していた。目が見えなくても、それは十分に伝わってくる。何人もがバタバタと廊下を走り、ドアを開け閉めする音がする。周囲の部屋からは怒号や叫び声が聞こえる。〈革命歌〉まで歌われているようだった。

「壁から離れないでください」明らかに怯えた様子で看護師が叫んだ。「突き飛ばされたらたいへんです」

次の瞬間、ガラスの割れる凄まじい音が廊下中に響き渡った。

「やだ。みんな、おかしくなっている！」

「何が起きているんです？」アドルフは大声で訊いた。

「休戦だよ、同志、休戦だ！　これで戦争は終わったぞ！」そばを通りかかった誰かが叫ぶ。

庭で銃声が轟いた。アドルフは右のほうに手を差し伸べたが、看護師はいなくなっていた。しかたなく、アドルフは壁にへばりつくようにして廊下を戻りはじめた。そのままたどっていけばドアまで障害物はないはずだ。病室に戻ろう。早く。両手を壁に、爪先は壁下の幅木につけて、蜘蛛のように進んでいく。周囲では、半狂乱で駆けずり回る靴音や叫び声がひっきりなしに続いていた。アドルフはずり落ちそうになったズボンの脇を摑んで、必死に前進した。

「ヒトラーさん！」

ヴァイストルトの声がした。

「この中に入りましょう」

中に籠った臭いから、そこが洗剤などをしまっておく物置部屋だとわかった。ヴァイストルトがドアを閉めた。戸棚を引きずる音がする。

「何をしているんです？」

「身の安全の確保です。まだ可能性があればの話ですが」

ヴァイストルトは状況をかいつまんで説明した。

「前線では、今朝十一時に戦闘を停止しました。完全なる敗北です。ドイツ軍部隊は即座に戦線を放棄。重火器や輸送機関はすべて放り出したままです。つまり、ドイツにはもう自国を防衛するための軍隊がないのです。しかし、最悪の事態はこれからです。ストライキが国の機能を麻痺させるでしょう。共産主義者の武闘派がすでにいくつかの町を占拠しています。革命が進行しているのです。ここも例外ではありません」

「どういうことですか？」

「看護師の半分は、地下ワイン貯蔵庫に下りてドンチャン騒ぎをしています。残りの半分は、武器を奪って警備員を監禁。病院長を解任し、声高に共産主義者の蜂起を煽動しています。あなたもこの物置部屋を出たら、職員たちをひたすら〝同志〟とお呼びなさい。でないと、面倒なことになります」

アドルフは呆然と頷くだけだった。

「それに、あなたは受勲していますよね。プロレタリアートは勲章を嫌います。彼らの〝平等〟という理念に反するからです。仮にわたしが彼らの立場だったら、見せしめにあなたを銃殺するでしょうね」

「こんなときによくもそんな冗談が言えますね。恐くないのですか？」

アドルフがそう返すと、骨張った肩にヴァイストルトの手が置かれた。

「闇が深ければ深いほど、光は強く輝くものです」

「光ね」アドルフは自嘲気味に嗤《わら》った。「また見ることができたら奇跡ですよ」

すると、ヴァイストルトが立ち上がる気配がした。蛇口をひねって、水を出している。

アドルフが怪訝な顔をしていると、ヴァイストルトは言った。

「髪が乱れているものでね、ちょっと整えようと」

病院が修羅場と化しているときに、なぜそんなに冷静でいられるのか。

「あなたには反骨精神があるはずです。すべてはそこに懸かっているのですよ。光が射すも闇が覆うも」

アドルフは悔しさで口髭を震わせた。余計なお世話だ。教養のあるわりに、くだらない説教を垂れやがって。

「要するに、あなたはつまらない人生を送っている」ヴァイストルトは続けた。「仕事もない、友人もいない、未来もない……。なぜ、あなたは希望を持たずに世界を見ようとするのでしょう?」

「あなたはこう言いたいのですか? わたしが盲目でいるのは、わたしが臆病だからだと。不幸の原因は、すべてわたし自身にあると。わたしが弱虫で、落伍者で……」

度を失ったようにアドルフは声を上ずらせた。そんな言い方をされて、許せるわけがない。

「わたしが言いたいのは、あなたは、今の生活や現状に甘んじているような人間ではないということです。あなたの周りは今、混乱に陥っています。それに立ち向かうのです」

「目が見えない」アドルフは唸るように言った。

「では、ずっとそのままでいるつもりですか?」

ヴァイストルトがドアを開けた。ガラスの割れる音に交じって、悲鳴が聞こえてくる。

「さあ、自分自身で立ち向かってください」

アドルフは蒼白になって答えた。

「そんなこと、無理に決まっているじゃないか」

「それは、あなた次第です。あなたに勇気があれば」

アドルフはしばらくためらっていたが、意を決して廊下に出た。騒ぎはますます大きくなっている。肩にヴァイストルトの手が置かれた。

「ランツ師からいただいたお護りは、今も肌身離さず持っていますか？」

アドルフは頷いた。

「それでは、スワスティカが汝とともにあらんことを」

ヴァイストルトはそう唱えると、物置部屋のドアを閉めた。


アドルフは、たった独りで職員たちの前に立っていた。

「いい加減にしたまえ！」

喧騒を収めるようにアドルフの声が響き渡った。

「なんだ？　あの寝間着姿の操り人形は」

「なんでまた、両手を前に突き出しているんだろうか」

アドルフは、相手が近づいてくる気配を察知した。どうやら自分は好奇の目に晒されているらしい。この、追いつめられた獲物のような感覚は、すでに経験済みである。学校で、腕っ節の強い生徒たちに取り囲まれたときと同じだった。アドルフは、あの屈辱の時間が訪れたことを悟った。

「おいおい、目も見えんような奴が命令してやがるぜ！」

「自分はリスト連隊所属、ヒトラー伍長、一級鉄十字章受勲者である！」

廊下全体が揺れるほどの大爆笑が起こった。それから、力強い男の手がアドルフの襟首を摑んで言った。

「いいか、坊や。ここじゃ、伍長やら、勲章やらは、もう通用しねえんだよ。特権を振りかざすのはもうおしまいだ。おまえにはバケツと箒《ほうき》をやるから、大部屋で小便の後始末をしておけよ。俺たちはもう十分にやったからな。今度はおまえの番だ」

アドルフは、肉に食いこむほど強くお護りを握りしめた。

「断る」

「そうか。そりゃあ残念だったな！」

アドルフの顔面に拳が突き刺さった。眉弓《びきゅう》が割れ、アドルフはそのまま床に倒れこんだ。顔中が血で濡れている。アドルフは起き上がろうとした。だが、その顎をすかさずブーツの爪先が蹴り上げる。さらには、もう一方の足が肋骨を思いきり踏みつけてくる。アドルフは呻き声を上げた。それでも、両手はぐっと握りしめたままだ。

「よし、こいつに、よくわからせてやれ！」

全員が殺気立つのを感じたとき、中庭のほうで銃声が鳴り響いた。続いて怒号が聞こえる。

「急げ！　警備員たちが脱走したぞ！」

突然、魔法がかかったかのように、廊下から一斉に人が消えた。

ヴァイストルトは物置から出ると、廊下に突っ伏しているアドルフの体を起こした。病院着は血に染まり、顔は腫れ上がっている。

「しゃべらないで。唇が切れて頬にも大きな裂傷があります。案の定、ものすごい勲章になりましたね」

「あなたと同じです」

そう言いながら、アドルフはヴァイストルトの傷跡を指さした。ヴァイストルトは信じられないといったようにアドルフを見つめた。

「どうして？　この傷跡が見えるのですか？」

アドルフは両の拳を開き、顔を覆った。手からぽろりとお護りが落ち、床に転がった。

「鏡を。鏡を見せてください」

ヴァイストルトは物置部屋に駆けこみ、壁の姿見を拳で叩き割った。そして、破片を拾い上げ、すぐにアドルフのもとに戻った。

アドルフは手渡された鏡の破片を目の前にかざした。
一目でわかった。
視力が戻ったのだ。

三三

一九四一年十一月
ロンドン
SOE本部

マローリーは、サウス・ケンジントンの専門書店で見つけたヴェネツィアの大きな地図をオフィスの壁にピンで留め、その前に立った。上下、左右と目を走らせる。通りが錯綜し、運河が入り組んで迷路をなしている。戦前、イタリア人の友人宅にしばらく滞在していたことがあり、この迷宮都市のことはよく知っていた。

トリスタンのメッセージを受け取り、いよいよかと思うとマローリーは武者震いが止まらなかった。そして、チャーチルからゴーサインが出るや、ドージェ（注34）作戦を細部に至るまでものの数時間で練り上げてしまった。疲れていたが、あと二晩、しっかり睡眠をとれば大丈夫、十分回復するだろう。

秘書がノックせずに入ってきて、机の上に海軍本部の名入りの封筒を置いた。

「すぐに封筒の中に目を通し、首相執務室に電話するようにとのことです」

「今すぐに?」マローリーは驚いて聞き返した。「それよりも先にやっておきたいことがあるんだが……」

苛立ちを覚えながら封を開けると、中から海軍情報部のスタンプが押されたタイプ打ちの便箋と若い海軍将校の写真が貼られた書類が出てきた。それらに目を通すうちに、マローリーは怒りで顔が真っ赤になった。足を掬《すく》われたような気がした。

「なんだと! 冗談じゃない!」

秘書が驚いてマローリーを見つめた。

「司令官、何があったのですか?」

「わたしを作戦から外すと書いてある。海軍情報部に譲れということらしい。いや、そうはさせないぞ!」

マローリーは受話器を上げ、首相執務室を呼び出した。数分待たされ、ようやく電話が通じた。必死の思いで握りしめる受話器から〈ブルドッグ〉の声が聞こえた。

「マローリーくん……。怒るのも無理はない。きみの気持ちはよくわかる」

「首相、撤回してください。わたしはこのミッションに必要とされるものすべてを持ちあわせています」

「わかっている。しかし、きみのような高級士官を命懸けの現場に送り出すわけにはいかん。危険すぎる。海軍が精鋭中の精鋭をきみのところによこす。その男が現地で指揮を執る。もちろん、きみにはロンドンでドージェ作戦の統括をしてもらう」

「クロウリーとロンドン塔へ行った件が尾を引いているというわけですか」

「まあ、そういうことだよ、司令官。じゃあな」

電話を切る音がした。通話は一分もかからなかった。

マローリーは茫然としていた。現地に向けて出発する二日前になって、いきなり言い渡された交代。もはやなす術がなかった。いずれにしろ、首相と面会したあとで何かがあったに違いない。唯一の救いは、実行部隊の構成員が変わらずSOEのメンバーのままであること、そして、その中にロールがいることだ。マローリーは自分の後釜となる人物についてのファイルを手に取って開いた。このあと部隊のメンバーたちとの打ち合わせがあるが、開始の時刻まで三十分を切っている。とにかく、それまでに悔しさを呑みこみ、穏やかな表情でメンバーと向きあえるようにしなければならない。

照明を消した薄暗い会議室で打ち合わせは始まった。マローリーが映写機にスライドを挿入する。ロールと男性エージェント三人が座る前に、地中海中央部の地図が映し出された。

「飛行予定は以下のとおりだ」マローリーは言った。「明後日、ロッキード・ハドソンに搭乗、ベイブリッジの飛行場を離陸し、パラシュートで降下。目標はマルタ島の首都ヴァレッタの北。軍事基地に着地する」

「マルタ騎士団の島ですね」男性エージェントの一人が言った。「サンタ・マリア・アッスンタ教会を訪れてみたいものだと常々思っていました。すばらしいドームがあります。遡ること……」

「観光は別の機会にするんだな。マルタ島では港に移動して、潜水艦に乗りこみ、ヴェネツィアを目指す」

ロールが手を挙げた。

「マルタ島に行くには、フランス占領地域の上空を飛ぶことになります。撃ち落とされたら、どうします？」

「きみたちには標準仕様のサバイバルキットを用意する。制式拳銃と実弾三十発。それでドイツ人の頭を打ち抜け。ほかに三百フランを支給する」

「それで、イギリスにはどのような手段で帰還するのですか？」最年長の男が訊いた。

「その選択肢は考慮に入れていない。フランス側のわれわれの味方に前もって知らせておくわけにもいかないからな。フランスに不時着したら、ここにいるロールを頼れ。故郷に案内してくれるだろう」

「つまり、無事に切り抜けろということですね……。まあ、全員つつがなくドゥーチェのお膝下に降り立てますよう、善良なる神におすがりするとして、いったいこれはどんな計画なのですか？」

「半年前にSOEはヴェネツィアでパルチザンと連携・協力関係を築いた。安心しろとは言わないが、フランスほど危なくはないはずだ。イタリアには、フランスのようなドイツ人による監視体制が整っていない」

「それでは答えになっていません。ヴェネツィアで何をするのか、教えてはもらえないのですか？」ロールが食い下がる。

　マローリーは微笑んだ。

「すぐにわかる。明日十一時に兵器廠《へいきしょう》に集合するように。装備品の支給、パラシュート降下の基本手順の確認など、実際的なことについてランチェスター兵曹長から説明がある」

　部屋の照明が点いた。特殊部隊のメンバー四人は目をしばたたきながら、徐《おもむろ》に立ち上がった。

「出発は明後日の十四時だ。トラックで飛行場に移動する。わたしも同行し、きみたちに特殊部隊のリーダーを紹介する。彼はとりわけイタリアやヴェネツィアに詳しい。さしあたっては、休むなり、気晴らしなりしてほしい。そのあとには厳しい任務が待っている」

　ロールを除くメンバーは部屋を出ていった。一人残ったロールはマローリーに近寄った。

「クロウリーはどうしていますか？」

「こちらの指示どおりモイラに情報を流した。モイラは満足したようだ。MI6によると、モイラに接触しているのは第一級のドイツ人エージェントらしい。すぐに探し出せたようだ。連中は小躍りしていたよ。わたしは連中と手を組んで、クロウリー経由でどんな情報を流すかを検討する」

「あの……」

「なんだ？」

「司令官とご一緒できず、残念です」

「きみ以上にわたしのほうが残念に思っているよ」

マローリーはスライド映写機のスイッチを切った。依然ロールはマローリーの前に突っ立っていた。

「まだ何かあるのか？」

「つまりその、わたしたちの部隊はトリスタンと接触することになるのですね」

「そう来ると思っていたよ。あいつのことなどどうでもよかったのではないか？」

「だからその、また会うことになるのかなって思っただけで……」

マローリーは遮るように言った。

「そのことなんだが、モンセギュールで発掘作業を指揮していたドイツ人考古学者の女がいただろう？　彼女に接近しているようだ」

ロールは驚きを隠せなかった。

「SSの女に？　ずいぶんといい趣味だこと」

思いのほか強い口調になっている。

マローリーはそれには気づかないふりをした。

「面倒なことになりそうだ」

ロールはとっくにドアノブに手を掛けていた。

「別に大丈夫でしょう。ご指示に従って、気晴らしでもしてきます。それで、新しいリーダーはどんなかたですか？」

「海軍情報部の若い将校だ。フレミングという。イアン・フレミングだ」

三四

一九四一年十一月
ベルリン
プリンツ・アルブレヒト・シュトラッセ八番地

鈍色《にびいろ》の空と同じ色のソファに座ったまま、エリカとトリスタンは控えの間でもう長いこと待たされていた。ヒムラーの執務室に通されるまで、まだ時間がかかりそうである。一分一秒の遅刻も嫌うと言われるヒムラーだが、時間厳守の精神はどこかへ行ってしまったらしい。先ほどから、両手いっぱいに書類を抱えた秘書の女性が足早に執務室を出たり入ったりしている。女性はあろうことか、出入りのたびにドアを閉め忘れていた。エリカは報告書に集中していたため、周囲の音が耳に入らないようだった。一方で、トリスタンは隣の部屋から漏れ聞こえてくる会話を一言も逃さずに聞いていた。

「フューラーよりお許しを得て、ヴェネツィア訪問中の警護は親衛隊が指揮を執ることになった。早急に警護班を結成しなければならない」

妙に甲高い声で、声の主はヒムラーだとわかる。

「ムッソリーニ首相との会談を内密にされていた理由はお聞きになりましたか?」

ラインハルト・ハイドリヒの声だ。

「フューラーのことだ。間もなくモスクワが陥落するから、勝利の美酒に酔っておられたのかもしれぬ。ゲッベルスからも、ムッソリーニとの同盟関係を強化すれば地中海の覇者となれるなどと仄めかされていたからな」

書類をめくる音がした。

「まさかイタリアを訪問なさるとは虚を衝かれましたが、移動中や滞在中はひじょうに大きな危険に晒されることになります」ハイドリヒが言った。「イギリスやソ連にとっては、フューラーのお命を狙うまたとない機会です」

「今のところ、敵には知られていない」

「ゲッベルスのあの仰々しい発表のあとでは、敵に知られるのも時間の問題でしょう。それどころか、イタリア側が言いふらす可能性もあります」

しばらく沈黙があったが、ヒムラーが口を開いた。

「警備について、フューラーはわれわれの裁量に任されたのだ。われわれはその期待に必ずや応えなければならない。きみならどんな計画を立てるか?」

「天候や撃墜の危険性を考えると、飛行機での移動はお勧めできません」

「結局、鉄道のほうが安全のようだな。地上で安全を確保できると同時に、フューラーをおそばでお守りすることができる」

「三本の列車を利用してはいかがでしょうか。出発駅も出発時刻も路線もばらばらにするのです。長官とゲッベルスは別々の列車に乗車し……」

「……残りの列車にフューラーが乗車されるというわけか。さすがはラインハルト、名案だよ。よし、その方法をとれば、きっとうまくいくぞ」

「ありがとうございます、長官。ですが、それだけではなく、さらなる安全を期すために、わたしに考えがあります」

執務室から出てきた秘書が、いい加減にドアを閉めた。トリスタンはいかにも待ちくたびれたようなふりをして立ち上がると、窓辺に向かい、ドアの隙間の延長線上に立った。

「出発の三日前に、わざとフューラーのヴェネツィア訪問の情報を流します」

「なぜそのような無謀な真似を！」

ハイドリヒは平然と続けた。

「フューラーが乗車される列車の情報を……」

驚いてヒムラーは声も出ないようだ。

「……ゲッベルスの列車の情報にすり替えて流すのです」

トリスタンはじりじりした。だが、ソファに戻るしかない。たった今、耳にした情報をなんとかロンドンに知らせたいところだが、むずかしいだろう。今からまた墓地に向かうのはもう無理だ。

昨日、神父が殺されて、トリスタンはヴェネツィアに向かうというメッセージを墓地に残しておいた。夜が明けて、先ほど再び墓地に行ってみたところ、そこにはマローリーからの返信が置かれていた。ほっとして、自分は狼の巣でたった一人で戦っているわけではないのだと確信したばかりなのだ。

カツ、カツと靴音を響かせてハイドリヒが控えの間を横切った。すぐに秘書が来て、エリカとトリスタンはヒムラーの執務室に通された。

執務室は簡素そのものだった。真っ白な壁には一枚だけ写真が飾られている。ヴェヴェルスブルク城を空から撮った写真だ。本もたった一冊、机の上に『わが闘争《マイン・カンプ》』の初版が置かれているだけだ。本は献呈されたものに違いない。とりあえずエリカが座り、トリスタンはその後ろに立った。ヒムラーは唇の前で両手を組み、エリカから差し出された報告書をじっと見ていた。

「それで、手がかりは得られたのかね？」

「はい、長官」

「簡潔に説明したまえ」

エリカはヒムラーのやり方を心得ていた。まず、質問をしてから報告書を読む、そして、質問の回答と報告書に書かれた内容に食い違いがないか確かめるのだ。刑事がやりそうな手口である。

「ご承知のとおり、前任のヴァイストルト上級大佐は、『トゥーレ・ボレアリスの書』に記された手がかりをもとにクノッソスに調査団を派遣しました。残念ながら、スワスティカが隠されていると思われる場所の位置情報は完全ではありませんでした。そこで、最初にクノッソスの遺跡を発掘したギリシャ人が残したメモと、調査団の調査結果を照合してみたのです」

「調査団は全員クレタ島から引き揚げたのか?」ヒムラーが訊いた。

「はい、そのあと全員が別々の調査現場に派遣されていることは確認済みです」

「よし、いいだろう。それで、照合した結果、どうなったのだ?」

「遺跡の下に中世期の地下室があることがわかり、そこを発掘しました。まずは墓らしきものが見つかり、さらにその中には剣がありました」

剣と聞いて、ヒムラーの目が丸眼鏡の奥でぎらついた。かねてより騎士道に魅了され、親衛隊を新しい騎士修道会、それも世界征服を標榜する集団に仕立て上げようとしていたからだ。

「剣はどこで作られたものかね?」

「ワルデンベルク教授に鑑定を依頼したところ、ドイツで作られたものだとわかりました」

「やはりそうか」ヒムラーが言った。「中世のドイツ人はヨーロッパで最も優れた鍛治職人だったからな」

「あいにく、剣には所有者を特定できるような情報が認められませんでした」

トリスタンは、報告が始まったときからヒムラーを観察していた。ヒトラーに次いでヨーロッパで最も恐れられている男は、そのイメージからはかけ離れた小役人といった風貌である。その眼差しにはヒトラーのように人を惹きつける強さがなく、ハイドリヒのようにサーベルでそぎ落としたような細面で精悍な顔立ちでもない。極度の近視で眉は細い。潜在的犯罪者の顔とは言いがたい……。エリカが言葉を続けた。

「ですが、トリスタンの発案で別々の情報を突きあわせた結果、オーストリアの修道院にたどり着いたのです」

「違う。ドイツだ……。オーストリアは今やドイツの一部だ」

そう指摘してから、ヒムラーはトリスタンを一瞥した。

エリカは眉一つ動かさず、聞いていた。力のない周辺国を踏み台にしてヒトラーが推し進める領土拡張路線にはなんの魅力も感じないが、そんなことはおくびにも出さず、話を続けた。

「わたしたちは、剣を所有していた騎士の名前とその来歴を突きとめました。騎士の名前はアマルリッヒです。聖地巡礼に出てクノッソスに滞在し、その後修道院に入り、最後はそこの礼拝堂の中に埋葬されています」

「なんという修道院だ？」

「ハイリゲンクロイツ修道院です。場所は……」

「そこなら知っている」

ヒムラーはトリスタンの胸の鉄十字勲章をじっと見つめてから尋ねた。

「どうして所有者不明の剣がハイリゲンクロイツ修道院に繋がったのかね？」

「まず、スワスティカを探求していた騎士は、『トゥーレ・ボレアリスの書』を執筆した修道士でもあった可能性があるという仮説を立てたのです。それを検証するには、三つの条件を満たす修道院を見つける必要がありました。十三世紀末に稼働していて、ドイツの南にあり、剣と関係のある修道院です。ワルデンベルク教授がすぐに特定してくれました」

沈黙がしばらく続いたあと、ヒムラーがエリカのほうを向いた。

「その修道院には行ったのか？」

「はい、そこで騎士の墓を見つけました。墓には暗号があり、解読すると、ある名前であることがわかったのです」

意外にも、ヒムラーは墓から名前を導き出した過程については問わず、そのままエリカに説明を続けるように合図した。

「その名前とはブラガディンです。中世から続く名家です。その一族もまた聖地エルサレムとクレタ島に縁《ゆかり》があります。しかしながら、調べてもブラガディンとアマルリッヒとの繋がりは確認できませんでした」
「ブラガディンは、名字だけではなく」トリスタンが補足する。「一族の御殿の呼称でもあったのです。御殿はヴェネツィアにあります」

一連の説明を聞きながら、ヒムラーは考えていた。これはただの偶然ではない。偶然ではなく必然である。偶然の一致なんてことはあり得ない。そうなるには意味があるのだ。運命によって定められていたのだ。そうでなければ、無名中の無名だった自分がなぜ国家の最上層に名を連ねることができたのか、説明がつかないではないか？　自分には果たさねばならぬ崇高な使命が課せられていたのだ。そう、運命によって……。不意に、寝耳に水だったヴェネツィアの会談がまったく別の意味を持ったものとして立ち現れた。ゲッベルスはきっとフューラーに外交上の成功をもたらすだろう。しかし、自分はフューラーに完全な勝利をもたらすのだ。
「きみたちもわたしと一緒に来たまえ。フューラーがヴェネツィアでドゥーチェと会談する。それに同行するのだ。そして、現地に着いたら、早速とりかかれ。スワスティカを探すのだ。是が非でも探し出せ」

控えの間でエリカは意外な展開に驚いていた。ヒトラーの外国訪問にお供するとは、にわかに信じがたかった。トリスタンと二人で階段に向かうと、ハイドリヒが自分の執務室から出てきた。

「フォン・エスリンク博士、あなたがアーネンエルベの責任者ですね?」

「はい、そのとおりです。親衛隊大将《オーベルグルッペンフューラー》殿」

左腕のSDの袖章がいやに誇らしげに見えた。

「ゲシュタポから部隊を派遣して、アーネンエルベの警備に当たらせることにしました」

「何かあったのですか?」

「アーネンエルベの近くの村で、わたしの部下が殺害されました。部下はイギリスに雇われたスパイの疑いがある神父を監視していたのです」

エリカは顔をこわばらせた。

「わたしたちの中に疑わしい人間でもいるのですか?」

「すべての人間が疑わしいのだ、フォン・エスリンク博士。だが、あなたの寝室までは立ち入らせないように配慮しましょう……」

ハイドリヒは残忍な笑みを見せた。

「……これより、わたしの部下たちがあなたがたを見守ります」

三五

一九四一年十一月
ロンドン
ピカデリー通り一五〇番地

〈リッツ・ロンドン〉のダンスホールでは、楽団の奏でるボレロの狂おしい旋律が流れはじめていた。それに合わせて人々がくるりくるりと旋回しながら踊りだす。戦争が遠い世界の出来事のように感じられた。ロールは、なんとなく仲よくなったSOEの秘書の女性に誘われてこのホテルに来ていた。バーカウンターのスツールに腰かけ、二杯目のジントニックをゆっくりと味わう。楽団員は自分たちの好きなテンポで思いきり自由に演奏している。音楽は最高潮に達し、まるで明日で世界が終わってしまうかのように、ホール中の人々が熱狂していた。ホテルのダンスホールは、奇妙なくらいベルサイユ宮殿の鏡の間に似ていた。どこもかしこもルイ十四世様式で、壁には鏡と金箔がふんだんにあしらわれ、天井からは煌めくクリスタルのシャンデリアが花火のように光を降らせている。寄せ木張りの床は鏡のように磨かれ、その上を踊り手が滑るようにステップを踏んでいく。

鏡に映る自分がばつが悪そうにこちらを見返している。着なれないイブニングドレスのせいだ。とりわけここまで鮮やかな赤い色や大きく開いた胸もとは、さすがに気恥ずかしい。ドレスはSOE本部の近くの質屋から借りたものだ。一晩、三シリング。取引としてはそれほど悪くない。

ロールはせめてフロアを一周してみたいと思った。だが、ダンスの能力はほとんどゼロに等しい。だから、秘書の友人がフリゲート艦(注35)の艦長の腕の中でターンをするのをじっと眺めている。ロールたちの世代は、いわば真っ赤な焼き鏝《ごて》で〝不幸〟と〝犠牲〟の焼き印を押された世代だった。戦争がブーツで蟻を踏みつぶすように、若者の無邪気な心を打ち砕いてしまったから……。ロールにだって、明日のことを考えずに羽目を外したいという気持ちはあるのだ。

最後にドラムのシンバルが打ち鳴らされ、音楽が終わった。ダンスに興じていた友人は息を切らして戻ってくると、ロールの隣でぐったりとした。

「この楽団、最高！　ねえ、どうして踊らないの？　こんなところに根を下ろしてないで、腰は振るためにあるのよ。すてきな男性がいないわけじゃないんだから」

ロールは笑った。ヘレンの言うとおりだ。ホールはあふれんばかりの生命力が眩しい、疲れを知らない青年たちでいっぱいだった。

「踊れないなんて言わせないわよ！」

ロールは「無理、無理」とばかりに手を振った。イギリスで暮らすようになってから多くのことを教わったが、スイングやワルツまでは習っていない。

「こんばんは、お嬢さん、一曲お相手願えますか？」

ロールは視線を上げた。背の高いブロンドの青年がロールの前に立っていた。制服から空軍大尉とわかる。さすがに応じないわけにはいかない。ヘレンが肘でつついた。

「いってらっしゃい！」

「わたし、フランス人なんです。踊れなくて……」

空軍大尉の青年はさわやかな笑顔を浮かべた。

「心配ご無用。この国はド・ゴール将軍を支持している。麗しい同志にはダンスの手ほどきもしてあげちゃう国なんだ。僕はブラッドリー・コックス。コックス大尉だ。きみは？」

「マチルダよ。名字はいずれそのうち」

ロールは手を引かれてホールの中央に進み出た。ブラッドリーは手をロールの肩に置き、もう一方の手は腰に回すと、力強く、それでいてスマートにリードしていった。思っていたほど難しいものでもなさそうだ。ステップを踏みながらロールは感じた。爆弾を仕掛けるとか、素手で戦う技を習得するより、よほど簡単だ。

ブラッドリーがリズムをとる。曲調が次第にアップテンポに変わっていく。どんどん気持ちも高まっていく。二人だけの世界にロールはうっとりと酔いしれていた。

曲が終わると、ブラッドリーはロールをテーブルに誘った。

「ロンドンではどんな仕事をしているの？」

「言えないの。ヒミツ」

ブラッドリーが体を寄せて、耳もとで囁いた。竜涎香《アンバー》の香りがする。

「誰にも言わないよ。僕は口が堅いんだ。墓石みたいに」

「いいわ。わたしはね、夜は墓地で死体を掘り起こしているの。で、これから特殊部隊の作戦に参加して、イギリスを勝利に導くお護りを回収しに行くところ。普段は……」

ブラッドリーは唖然とロールを見つめて、すぐに笑い出した。

「なるほど……。フランス流のユーモアか。気に入ったよ。で、実際は何をしているの？」

「交通機関でタイピストをしているの」

「僕は爆撃機のパイロットだ。明日、任務でドイツへ発つ。飛び立つ前にこんなにきれいな女《ひと》と出会えたなんて。すごく嬉しいよ。地上で過ごす最後の夜になるかもしれないけれど」

ロールも任務でイギリスを発つ。だが、それは言えない。

「出会った女の子全員にそんなことを言っているんでしょ」

「いや、違う。僕は真剣だ」

ロールはグラスを一気に飲み干して、相手をしげしげと見た。実際、ブラッドリーは魅力的で、トリスタンのことを忘れさせてくれそうだった。

三回目のダンスが終わったとき、ロールはブラッドリーに軽くキスされた。それで、出口に向かう通路で情熱的な口づけを返した。酔ってなんかいない。ただ楽しみたいだけだ。ロールにとっても、これが最後の夜となるかもしれないのだ。

自宅であともう一杯だけ飲まないかとブラッドリーに誘われ、ロールは応じた。別にどうということはない。戦争中なのだから。

〈リッツ・ロンドン〉を出ようとすると、ドアマンに遮られた。

「申し訳ございませんが、デモ隊にピカデリー通り側の入口を塞がれております。警察が来るまでお待ちください」

「向こうの要求は？」

「ホテルを閉鎖しろと。富裕層もほかの民衆と同じく、節制生活に耐えるべきだと言っています。アルバニアのゾグ一世(注36)がご夫人とスイートルームに宿泊され、招待客に三十瓶分のキャビアを振る舞ったことを知ってからなのです」

「大丈夫です。制服を着ていますし、アルバニア国王と間違えられることはないでしょう」

ドアマンは肩をすくめた。

「では、お好きになさってください。ですが、正面玄関は通らないでください。横の通用口を開けてさしあげます」

二人は通りに出た。群衆がどんどん膨れ上がっていくのが見える。いたるところで怒号や野次が飛んでいる。

「通りの先に車を停めてあるんだ。このまままっすぐ行って人混みの中を突っ切るか、遠回りして裏通りを行くか」

「まっすぐ行きましょう」

デモ隊は怒声を発しながら、ホテルの正面にペンキの缶をぶちまけた。そこら中に赤や黄や緑のペンキの水溜りができている。二人の男が興奮して、交通標識をはぎ取ろうとした。

「このままじゃまずい！」

パトカーのサイレンが聞こえてくると、群衆の中から憎悪の叫びが上がった。突然、通りの先から蹄の音が響いてきた。

駆けつけてきた騎馬警官らが取り押さえようとする一方で、デモの参加者は敷石や瓶を投げて応戦する。

「しかたがない。ホテルに戻ろう」

数分後、二人はダンスホールに戻っていた。

突然、凄まじい音とともに窓ガラスが割られ、無数のガラスの破片が四方八方に飛び散った。豪華な赤い絨毯の上に、投げこまれた交通標識が横たわっている。デモ隊が中になだれこみ、ホテルの警備員が警棒を手にそれを制止しようとする。乱闘が始まり、高級ホテルのロビーは瞬く間に修羅場と化した。

ブラッドリーはロールの手を引き、大階段に向かった。二人に気づく者はいない。二人はがむしゃらに階段を駆け上がった。これが現実に起きていることとは思えず、ロールは笑い転げそうになりながら、猛烈な勢いでダッシュした。これも日々の訓練の賜物だ。後れをとったブラッドリーが必死になってついてくる。

人気《ひとけ》のない四階まで来ると、二人は足を止めた。

「マチルダ！　きみが陸上競技のチャンピオンだったとはな」

息を弾ませながら、ブラッドリーがロールのそばに寄る。次の瞬間、ロールはブラッドリーにおとなしく抱かれていた。

「部屋の鍵があればよかったんだけどね」ブラッドリーが耳もとで囁いた。

「鍵なんかいらないわ」

ロールはブラッドリーの腕をそっとほどくと、ドアの前に立った。そして、目にも留まらぬ速さでハンドバッグからヘアピンを取り出し、さっさと解錠してしまった。もっと複雑な構造の鍵でも開けられるように仕込まれていたので、この程度のドアなど朝飯前なのだ。

「きみは女盗賊でもあったのか……」

「まあね」

二人は素早くスイートルームに潜りこんだ。薄暗い部屋を見回して、ブラッドリーは驚きの声を上げた。

「まるで王さまの部屋だ！」

緑の絹のシーツでぴっちりとくるまれたベッドの上には繻子《しゅす》のクッションが山と積まれていた。ベッドの上の楕円形の鏡の額縁は純金で、鏡の中にテラスが映りこんでいる。テラスに出てみると、ロンドンの街が見晴らせた。ゲーリングの爆撃を免れた建物がまだいくつも残っている。ロールは息を呑んでじっと見入った。

「あ、あそこ。セント・ポール大聖堂ね。あっちは……」

ブラッドリーが静かに近づき、ロールを抱きよせた。

「いいかい？」

「ええ……」

突如、サイレンが鳴り響いた。公園からサーチライトの光線が何本も伸びて、空を照らし出す。

「ナチスの畜生め」ブラッドリーが罵った。「明日は百倍にしてお返ししてやるぞ」

空に黒い影が現れた。すぐに鈍い爆発音がして、公園の反対側に火柱が立った。

「戦略爆撃を仕掛けやがって……」

最後まで言い終わらないうちに、ブラッドリーはロールに引っ張られ、ベッドの上に押し倒された。ロールはブラッドリーの上に跨《また》がり、ドレスの肩紐を外した。固く張った白磁のような乳房が白いブラジャーからこぼれんばかりに輝いている。ブラッドリーは手を伸ばし、レースの下をまさぐった。首筋にロールのかすれた吐息がかかり、欲情が一気に燃え上がる。

もうこのまま突き進むだけだ。ロールはドレスを脱ぎ捨て、荒れ狂う激流のように猛然と相手に自分の体を重ねた。そろそろと男の下半身へ指を這わせていく。そして、そこに思っていたとおりのものを感じて、胸がいっぱいになった。ロールはブラッドリーの耳もとに囁いた。

「戦争なんて糞食らえよ」

三六

一九一九年四月二十一日
ミュンヘン

最初のバリケードは、マイリンガー通りとロットクラウツ広場のあいだに築かれた。通りから引き剥がされた舗石や穴の開いた箪笥など、あり合わせのものを寄せ集めて作った代物で、箪笥からは洋服までが覗いている。脇には荷車が据えられ、その轅《ながえ》を上げ下げすることで通行を確保していた。そこだけ見れば思わずにやりとしてしまいそうな光景だが、バリケードのてっぺんからは常に機関銃の黒い銃口が周囲に向けられ、市民を恐怖に陥れていた。道路標識は破壊され、代わりにレーニンを称える落書きがそこかしこに見られる。建物の窓からは赤旗が吊るされ、閉め切った鎧戸にはベタベタとポスターが貼られている。それらは〝鎌と槌〟の腕章でそれとわかる赤色革命家らが貼りつけたもので、ミュンヘンの町が共産党の独裁的な支配下に置かれたことが黒い字ででかでかと告示されていた。広場の隅に目を転じてみると、頭部を切断された彫像の足もとにトラックが駐車しており、荷台から奉仕者たちが革命歌《インターナショナル》を歌いながら、弾薬の箱を降ろしていた。

「止まれ！」

　バリケードに差しかかったところで、武装した二人の男が近づいてきた。指を銃の引き金に掛けている。

「名を名乗れ！」

「ヒトラー兵卒だ」

　十一月の革命でバイエルン王国が終焉を迎え、この町で左派政党が権力を握ったとき、ヒトラーは即座に理解したのだった。階級や勲章のことは忘れるべきであると。そんなわけで、軍服にはもう階級章も鉄十字勲章も付けていない。

「前へ進め。動員を解除されたのか？」

「いや。今月の初めまで、捕虜収容所の看守として配属されていた」

　疑《うたぐ》るような目つきで、男の一人が詰め寄った。

「どこの国の捕囚だ？」

「ロシア人だ」

　とたんに男の顔がぱっと明るくなった。

「おお。同志たちよ！」

　自分の言葉に嘘はなかった。しかし、収容所で目にした囚人たちは、革命への情熱に燃える同志などではない。ほぼ餓死寸前で、生きて祖国に戻れないことを誰もが悟っていた。もはや生ける屍《しかばね》に過ぎない連中だった。

「そのあとは何をしていた？」

「公共施設の見回りをしていた」

だが、最後に警備していた建物は共産主義活動家に襲撃され、火を放たれて、今はただの瓦礫の山になっていることには触れないでおいた。

「では、これからどこへ行くのだ？」

もとより質問攻めにされるのは好きではない。特に、相手が銃を手にしているときは。だが、ヒトラーは激昂もせず、それどころか微笑みすら浮かべていた。視力を取り戻すきっかけとなった一件で、自分にはどんなことにも耐えうる強さがあるということに気づいたのだ。

「兵舎に帰るところだ。ロットクラウツ広場の角にある」

「今は〈レーニン広場〉というんだ」

男がバリケードの入口を解除しながら訂正した。

「覚えておくんだな」

「ご忠告ありがとう」

兵舎は一棟に小さな部屋がいくつかあるだけの建物で、動員解除を待つ兵士たちが宿営していた。暴動の際に何度も機銃掃射を受け、建物にはもはやドアも窓もない。だが、なぜか管理人はいて、どうやってこの市街戦を生き延びたのか、みなに不思議がられていた。この管理人は数年前までミュンヘンの高級ホテルで働いていたのだが、無類の酒好きが祟って身を持ち崩し、結果的に、この荒れ果てた宿舎の壁の剝がれ落ちた管理人室にちんまりと収まるに至っている。現状を深く嘆いては、ことあるごとに過去の輝かしい経歴を持ち出し、そして、何よりもこの町を牛耳っているプロレタリアートを軽蔑していた。その一方で、軍国主義の象徴のようだった髭は用心のために剃り落とすという念の入れようで、日中は労働者風にキャスケットを被り、目をつけられないようにしている。しかし、夜一人きりになると、管理人室に厳重に鍵を掛け、最後の皇帝ヴィルヘルム二世の肖像画を食卓に置いて、こっそりシュナップスで杯を上げるのだった。

ヒトラーが兵舎に入っていくと、管理人が部屋から出てきて呼び止めた。

「伍長」

ヒトラーはとっさに人差し指を口に当てた。どこで誰が聞き耳を立てているかわからない。わずかばかりの食糧を得るために、怪しげな人物を左翼側に密告しようとする例が後を絶たないのだ。誰もが密告者になる可能性がある。

「お手紙が届いています」

管理人は一通の封筒を差し出した。複数の消印が押されている。どうやらこの手紙は、数週間かけて自分のことを追いかけてきたものらしかった。

「新しい情報は入ってきていませんか?」管理人が尋ねる。

ヒトラーは突然の手紙が気になりながらも、控えめに頷いた。

「聞いた話では、いくつもの連隊がミュンヘンに集結しつつあるようです。中央政府が差し向けた軍隊です。彼らはこの町を奪還するつもりでしょう。すでに戦闘も始まっているとか……」

管理人は揉み手をした。まるで、明日は自分が共産主義者を密告する番だと言わんばかりに。ヒトラーは何も言わずに階段を上がった。早く手紙を開けたくてうずうずする。部屋に入るなり、ヒトラーはロウソクに火を点けてベッドの上に身を投げた。窓にガラスはない。春のまだ冷たい空気が身に染みる。今、ミュンヘンでは、共産主義者の銃弾に倒れるよりも、飢えや寒さで死ぬ人間のほうが多かった。ヒトラーは薄い毛布にくるまると、さっそく封を切った。細かい文字がぎっしりと並んでいる。見覚えのない筆跡だった。便箋をめくり、最後のページに差出人のサインを探す。その名前を見て、ヒトラーは息を呑んだ。

差出人はヴァイストルトだった。

一九一九年四月七日

パーゼヴァルク野戦病院

親愛なるアドルフ・ヒトラー殿

わたしはまだパーゼヴァルクにいます。こちらはすっかり平穏を取り戻しました。病院の地下ワイン貯蔵庫を国有化することから革命を始めたプロレタリアートでしたが、暴動を鎮圧しに来た憲兵隊の前になす術もなく、あっさりと制圧されました。連中のほとんどが投獄されています。きっと厳罰は免れないでしょう。今ドイツでは、銃殺刑が流行っていますから。ドイツ北部や東部で同時多発的に起こった武装蜂起もおおむね鎮静化し、残るは共産主義革命の渦の中心にあるミュンヘンのみとなりました。あなたは、間近で革命歌を聞き、赤旗が翻るのを見ていることでしょう。しかし、歓喜の歌声を駆逐するのは銃弾の嵐です。中央政府も軍も、自分たちに反旗を翻すこの勢力を、このまま放置しておくはずがありません。間もなくミュンヘンは武力制圧され、赤い旗の色は、通りに流れる血の色へと変わることでしょう。

だからこそ、わたしはこうしてあなたに手紙を書いているのです。

イェルク・ランツ師のおかげでわれわれがウィーンで出会ってから、十年が経ちました。雑誌〈オースタラ〉を通して師が主張していた思想はオーストリアの国境を越え、ドイツ、特にバイエルンで多くの支持者を獲得しています。わたしは、〈オースタラ〉の読者に会うために、これまで何度もミュンヘンに足を運びました。雑誌から発信された理念は多くの活発な議論を生み、やがて一つの政治活動にまで発展しました。彼らは〈トゥーレ協会〉という名の秘密結社を結成したのです。その目的は、政党内に入りこんで影響を及ぼすことです。トゥーレ協会は、現在、ミュンヘンにおいて共産党独裁に抵抗する最大の結社となっています。軍が町を制圧した暁には、このトゥーレ協会が主導権を握っていくことになるでしょう。それ故、彼らとは誼《よしみ》を通じておくべきだと思います。彼らはドイツの未来です。アーリア人の純血を守り、スワスティカの標《しるし》のもとで戦っているのです。あなたならすぐに馴染めます。理念もシンボルも、〈オースタラ〉と変わりませんから。

向こうはあなたのような人を必要としているのです。ドイツでは、何十万もの除隊兵士が希望を失い、貧困にあえいでいます。革命に失敗したら、共産主義者は次の選挙で勝とうとします。除隊兵士は、連中の恰好の餌食となるでしょう。武器をもってしても獲得し得なかったものを、連中は票を集めることで手に入れようとするに違いありません。塹壕戦で規律と連帯を経験してきた兵士に語りかけるには、政治家ではなく、彼らの痛みを知っている人間が必要です。ミュンヘンであなたは地位を手にするでしょう。これまでずっと問いつづけてきた自らの運命と、ついに対峙するときが来るのです。

あなたのことは、すでにミュンヘンの友人たちに話してあります。みんな待っていますよ。中でもとりわけ期待を寄せているのが、ルドルフ・ヘスという男です。あなたと同じく元兵士で、パイロットでした。彼には、あなたを仲間に紹介するよう頼んであります。

トゥーレ協会はルドルフ・フォン・ゼボッテンドルフ男爵が後ろ盾となって、毎月最終土曜日の二十一時よりマクシミリアン通り一七番地のホテル〈フィア《四》ヤーレスツァイテン《季》〉で集会を開催しています。

お護りはまだお持ちですね。それを見せれば、すぐに中に通してもらえるでしょう。

心からの友情を込めて
ヴァイストルト

ヒトラーはすばやく便箋を折りたたみ、ロウソクに近づけた。そして、便箋が燃えているあいだ、入念に封筒を観察した。誰かに開けられた形跡はない。指で確認しても三角形のベロにめくれは生じておらず、ぴったり貼りつけられている。蒸気を当てて開封されたようなこともなさそうだ。手紙を転送した軍の人間にも、配達した郵便局員にも、この手紙の内容は見られていない。ヒトラーは慎重に封筒を調べながら、よく考えてみた。ヴァイストルトに対する友情と信頼に変わりはない。しかしながら、〈オースタラ〉の理念にしろ、そこで語られる伝説にしろ、〈新テンプル騎士団〉(注37)の儀式にしろ、どうも自分にはついていけなかった。塹壕から生還し、ヒトラーは本当の意味で開眼していた。行動を起こさねばならない。ドイツを死に追いやろうとした裏切り者どもを駆逐するのだ。それは共産主義者のことではない。奴らのことは軍に任せておけばよい。裏切り者とは、この国を背後から刺し、戦争に敗北させ、屈辱的な平和をもたらした人間のことだ。腐敗した銀行家、欲深い商人、労働者を搾取する工場主。敵は内部にいる。富を独占するブルジョワはもとより、堕落した貴族、強欲なユダヤ人など、諸悪の根源はすべて排除してしまわなければならない。

その思いから、高級ホテルでおこなわれるという集会に参加するのは気が進まなかった。〈フィアヤーレスツァイテン〉など、支配階級のゴミ溜めである。自分が塹壕戦を生き抜いたのは、特権階級や利権に群がる寄生虫が跋扈《ばっこ》する旧態然とした世界を救うためではないのだ。だが、ヒトラーは心得ていた。先入観や固定観念だけで判断しないほうがいいと。そして、これからはもう人に使われたりなどしない、それくらい自分は強くなっている、とも信じていた。そう、これからは人を使う側に回るのだ。であれば、ホテルのサロンに集うその〝陰謀家〟たちとの人脈が、今後自分の役に立たないとも限らないではないか。ヒトラーには、特に気になる名前があった。――フォン・ゼボッテンドルフ。どんな人物なのか……。そうだ、情報を得るなら、あの男しかいないだろう。

「ヒトラーさん、どうなさいました？」

管理人は驚き、ロウソクを差し出してヒトラーの顔を確認した。

「確か、以前ミュンヘンの高級ホテルで働いていたと言っていましたよね？」

「ええ、そのとおりです。わたし自身は決して辞めるつもりなどなかったのですが……」

またか、とうんざりして、ヒトラーは話を遮った。

「〈フィアヤーレスツァイテン〉はご存じですか？」

「もちろんですとも。ミュンヘンの最高級ホテル。社交界の花形たちの御用達です。それこそ上流階級のお客さまばかりで、途方もない大富豪から十字軍の末裔まで……」

「フォン・ゼボッテンドルフという人をご存じですか？」

「ああ、あのトルコのかたですね？」管理人は声を上げた。「ええ。こちらが一方的に存じ上げているだけですが。あのかたは、わたくしどものホテルと〈フィアヤーレスツァイテン〉のどちらもご贔屓にされていました。毎回、スイートルームにお泊りになって」

「トルコ、と言いましたね？」

「長くトルコに住んでおられたようですよ。トルコでは宗教史を学ばれていたと。お仕事をされていたわけではありません。いわゆる金満家で、お金はすべて本に注ぎこんでいたそうです。使用人たちの仕事のほとんどが本棚を作ることだったというくらいですからね！」

「戦地へは？」

ヒトラーが訊くと、管理人は憐れむような微笑みを浮かべた。

「あのようなかたがたが戦地に赴くことなどありません。ヒトラーさん、あのかたたちのために戦うのが、われわれの仕事なのです。あのかたはトルコに人脈がありましたから、政府にとっても貴重な存在でした。多くの公人の訪問も受けておられましたし、何より……」

ヒトラーは思わず身を乗り出した。

「フリーメイソンなのです。しかも高位階の。会合をおこなうために、よくホテルの大広間を貸し切りでご利用になっていました。上流階級の錚々《そうそう》たる顔ぶれが集まっていましたよ！」

〝フリーメイソン〟と聞いても、ヒトラーは動じなかった。どうせフリーメイソンなど有象無象の輩だし、馬鹿と鋏は使いようではないか。それくらいの政治的素養なら身につけている。そんなことより、もっと重要なことを確認しておきたい。

「彼の政治的信条は？」

管理人は気をつけの姿勢をとるように背筋を伸ばした。

「フォン・ゼボッテンドルフ男爵ですか？　国粋主義です。押しも押されぬ国家主義者です。正真正銘のドイツ人ですよ！」

ヒトラーは、管理人室のドアに留めてあるカレンダーに近づいた。

今月の最終土曜日は……。

人差し指で数字をたどる。今日が二十一日で……二十六日が最終土曜日だ。よし、この日の夜、トゥーレ協会を訪ねてみるとしよう。

第三部

《ナチズムの本質を理解するのに、正論は不要である》

――カール・ヴァイストルト上級大佐

三七

一九四一年十一月
地中海上空

「パパ、何をしているの？」

「オモチャを作っているんだよ」

少女は作業台に向かう父親の背中に近づく。屋根裏部屋に金槌の音が響き渡り、湿ったおがくずとニスの匂いが漂う。少女の大好きな匂いだ。優しくて心が安らぐ匂い。

「見てもいい？」

「知りたがり屋さんだね」

少女は背の曲がった父親の脇に回り、爪先立ちで覗きこんだ。

「それ、なあに？」うずうずしながら尋ねる。

「できてからのお楽しみだ」

少女は作業台の上にある物体をじっと見つめた。それは奇妙な形をしていた。大きさは蓄音機ほどで、木彫りの彫刻のようだ。父親が容器に大きな刷毛を浸して、たっぷりとペンキを含ませる。とろりとした目も覚めるほど鮮やかな赤い色が滴り落ちる。

刷毛が忙しく動きまわり、彫刻はみるみる潰したトマトのような真紅に染まっていく。赤い飛沫が無数に散って、道具掛けのボードに降りかかる。

「パパ、たいへん。周りが汚れちゃう」

父親は耳を貸そうとせず、一切お構いなしに一心不乱に塗り続けている。少女の顔にもペンキが跳ねる。少女は怒って父親のズボンを引っ張った。

「やだ、パパ。あたしにも引っかかった」

「だいじょうぶ。もう終わった」

父親は振り返ると、おもちゃを光にかざしてみせた。少女は悲鳴を上げた。父親は見るも恐ろしい顔をしていた。ペンキが赤い縞模様をなし、流れ落ちる先端は黒ずんで、できもののようになっている。皮を剝がれたかのようだ。その手にあるのは、ぽとぽとと血が滴り落ちる大きな鉤十字だった。

「ほら、お姫さま」父親が笑って言った。「パパからのプレゼントだ。三つ目のスワスティカだぞ。血染めのスワスティカ。権力の核となるものだ。これでおまえは世界を支配するんだ」

少女は怯えて部屋の隅まで後ずさった。

「パパ、ごめんなさい。あたし……」

「受け取るんだ！　拒んだら、人類は滅びるぞ」

ロールはぎょっとして跳ね起きた。目を何度もしばたたくうちに、真上から意地悪くこちらを見つめている赤い瞳が視界に入る。それがロッキード・ハドソンの機内の赤いランプだと気づくまでに数秒かかった。耳を聾《ろう》するようなプラット・アンド・ホイットニー社製のエンジン音のおかげで、ぼんやりした頭が働くようになった。

夢か。それにしても、嫌な夢を見たものだ。あの禍々《まがまが》しいスワスティカはいやに生々しかった。

額に玉の汗をかいている。口の中はカラカラで、何日も水分をとっていないかのように唇がひび割れていた。なんとか背筋を伸ばしてみるが、背中がカチコチに凝り固まっている。仲間たちと同じく、鋼鉄の床に特殊部隊のバックパックをマットレス代わりにして寝ていたのだ。

「イギリス空軍にはゲストに対する配慮がない。エチケットというものを知らないんだ。そう思わないか？」

頭《こうべ》をめぐらすと、右隣に座る特殊部隊のリーダーが銀色のスキットルを差し出した。

「飲んでみるか。スコッチウィスキー、ポルトガルのエールビール、スペイン産レモン、産地不明のアカシアのハチミツを混ぜたものだ。シャキッとするぞ。飲みすぎなければな」

「いえ、水で結構です」

「わかったよ、マチルダ」

　フレミング隊長はバックパックから水筒を取り出し、制式のカップに水を注いだ。ロールは水をごくごく飲みながら、横目でフレミングを観察した。搭乗前にマローリーから紹介があったとき、部隊のメンバーはみな、新しいリーダーに対して同じような印象を持ったはずだ。ハンサムで年齢は三十代。すらりとした体軀で、澄んだ眼差しには人を惹きつける魅力がある。髪は軍隊の標準より長めだ。口もとに世を拗《す》ねたような表情を湛えている。SOEやSAS(注1)の実行部隊によく見られる、煮ても焼いても食えないようなタイプではない。むしろ、イギリスの貴族社会に暮らし、カジノや社交クラブに出入りしていそうな人間に見えた。やや気障な所作に育ちのよさがうかがえる。兵舎で身につくようながさつさは見られなかった。

「悪い夢でも見たか？」フレミングが訊いた。「何度も寝返りを打っていたようだが」

「そうかもしれません。マルタはまだ先ですか」

「いや。そろそろのはずだ」

　ロールは窓から外を見た。白い満月が夜空に輝き、海面に無数の泡が銀色に煌いている。戦争の舞台というよりハネムーンにふさわしい光景だ。ロールは目を閉じた。〈リッツ・ロンドン〉で一夜をともにしたブラッドリーの穏やかで凛々しい面差しが蘇る。あの晩、本当に魔法がかかっていたのかもしれない。不思議な夜だった。誰に見咎められることもなく……。翌朝、二人は再会を約束して別れた。ブラッドリーからは軍事郵便の送り先のメモを渡された。お互いにミッションから生還できたら……。だが、おそらく再会は叶わないだろう。

ロールは頭からブラッドリーの面影を追い払い、フレミングのほうを向いた。

「隊長、質問してもよろしいでしょうか？」

「ああ、いいとも」

「どうして、このミッションのリーダーに指名されたのですか？」

フレミングは謎めいた微笑みを浮かべた。

「わたしはイタリアが好きなんだ。ことにヴェネツィアがね。とりわけ謝肉祭には忘れられない思い出がある。わたしといれば、迷路のように入り組んだ運河や小路で迷うことはない。それに、ダンテが好きで、イタリア語もわかる。なんだったら、イタリア語の詩を口ずさんでみせようか……」

「隊長、まじめに答えていただけませんか。ダンテやイタリアが好きなだけでは、このようなミッションのリーダーに指名されるわけがないでしょう」

「きみの言うとおりだよ。しかし、わたしが答えられるのはそこまでだ。さしあたっては……」

突如、警報音が鳴り響き、操縦室のドアが激しい勢いで開いた。ムートンのフライトジャケットを着た操縦士が大声で叫ぶ。

「敵機襲来！　吊り革に摑まってください！　イタリア軍の飛行隊です」

横になっていたほかのメンバーたちも次々と起き上がる。酔っぱらいが操縦しているかのように機体が大きく揺れた。操縦士が不安げな口調で言う。

「後部銃座に機銃を搭載していないんだ！」

ロールは壁の手すりを摑み、窓に顔を押しつけて外を見た。ハドソンの右翼が月に照らされ輝いている。

「ヴァレッタは遠いのか？」フレミングが尋ねた。

「いいえ」操縦士が答える。「ですが、着陸態勢に……」

言い終わらないうちに、機体に嵐のように弾丸が撃ちこまれた。操縦士の頭が卵のように破裂する。脳が飛び散り、飛沫がロールとフレミングに降りかかる。ロールの右手で悲鳴が上がる。メンバーの一人が血溜まりの中で倒れている。

ロールが救護しようとしたとき、第二波が襲ってきた。どこかで爆発が起きたらしい。

機体が急降下を始める。吊り革に摑まっていなかった者は天井に叩きつけられ、荷物が宙を飛び交う。フックで固定された武器と弾薬のケースだけがふんばっている。

「諦めるな！」フレミングが叫ぶ。

ロールは全力で手すりにしがみついていた。体が重力の影響で機体後部に引っ張られる。窓の外では主翼の下のエンジンから赤く炎が噴き出している。

ハドソンは呻き声を上げ、錐もみしながら垂直に下降していった。

手すりがカタカタ鳴って、ついに外れる。見えない手にふくらはぎを摑まれて引っ張られるように、ロールは後方に飛ばされた。そして、最後尾の壁にへばりついている男に激突した。気づくと、血を滴らせた操縦士の口に唇を塞がれていた。ロールはそのまま意識を失った。

三八

一九四一年十一月
ベルリン
アーネンエルベ本部

トリスタンは図書室に席を見つけて座った。黄昏時の室内は仄暗く、図書室の謎めいた側面をより際立たせている。子どもの頃、よく考えたものだった。閉館後の図書館で本たちは何をしているのだろうかと。おとなしく書架に収まっているのか？　それとも、外に飛び出してどんちゃん騒ぎを繰り広げるのか？　本たちが並んで座って思い思いに読書を楽しんでいるところを想像しながら、眠りにつくこともあった。読書中に本同士が自他の区別がつかなくなって、混乱することはないだろうか？　ページが入れ替わってしまわないだろうか？　しまいには本たちが混然一体となって一冊の本ができ上がるのでは？　けれども、そんな本は誰にも読まれないだろう……。そんなことまで考えた。今ではもう子どもの頃のような夢想はしなくなったが、それでも秘かに期待していることがある。いつかどこかの図書館で、他人には想像もつかないような素敵な発見をするのではないかと。

トリスタンは地図のコーナーに来ていた。地図は、アーネンエルベの図書室でも最も種類と数を誇るコレクションの一つだった。分厚い地図帳も充実しているが、手書きの地図も数多く所蔵されている。新世界の発見に興奮した探検家たちの手によるなぐり書きのような地図である。専門家にとってこの一角はまさにエルドラドのようものだろう。とはいえ、その中には占領地から親衛隊が強奪してきたものも含まれていることは紛れもない事実なのだ。地図はヒムラーが入れ揚げているものの一つだった。夜な夜な彼方の地に思いを馳せ、心ゆくまで想像をめぐらす。ドイツ軍がソ連に侵攻してからは、夢中で旧ロシア帝国の地図に見入っては、子どものように一心不乱に分析し、アジアの国境まで続く新たなドイツの姿を絶えず思い描いていた。その並々ならぬ情熱を、ヒムラーはヒトラーと共有していたのだ。

紙の上に描いた夢を現実だと思いこんでいる人間は要注意だ。

トリスタンは幅の広い引き出しを開けると、ヴェネツィアの地図を取り出し、脇の机に広げた。何世紀かを経たものであるにもかかわらず、犢皮紙《とくひし》(注2)に描かれた地図はかつての面影をとどめているようで、目にも鮮やかな色彩である。まだ乾いていないインクの匂いまでしてきそうで、トリスタンは目を閉じた。目を開けてみると、輝かんばかりのヴェネツィアの都市が視界に飛びこんできた。水溜りに投げた一摑みの砂利を思わせる島々が数珠をなすなか、潟《ラグーナ》の中心に〝晴朗きわまる処《セレニッシマ》(注3)〟はある。トリスタンはまず目印となるサン・ミケーレ島を指で追った。ここは十八世紀からヴェネツィアの墓地となっている。市民の共同墓地だ。その真正面に、カステッロ地区沿いに延びる長い石畳の船着場、フォンダメンテ・ノーヴェがある。エリカと乗る船が着くのはこの船着場だろう。そこからブラガディンの館まで行くには、水路と陸路の二通りのルートがある。いずれにしても、正確に調べるには運河や通りを網羅したさらに詳細な地図が必要だ。ヴェネツィアの大邸宅には二つの玄関が備わっている。運河に面した入口と通りに面した入口だ。トリスタンは経験上、こうした細々とした知識があとで役に立つことがあると知っていた。

蔵書目録を調べようと立ち上がったとき、トリスタンはふと、ロンドンでも同じようにSOEの誰かがヴェネツィアの資料を集めている最中ではないかと思った。特殊部隊のメンバーであれば、フランス上空を飛んでいるときでも、頭の中でルートのシミュレーションをすることだろう、きっと……。

突然、窓の下で大きな物音が響いた。

庭園に靄がたなびきはじめるなか、木々や茂みを透かしていくつもの黒い人影が慌ただしく動きまわっているのが見えた。そろそろ暗くなる頃だが、各セクションの事務所にはまだ残っている研究者たちがいて、騒然とする庭園を窓から眺めている。間隔を置いて命令を発する声が響く。犬が吠えているかのようだ。その耳障りな荒々しさに、ひっそりと羽を休めていたカラスたちが抗議して、不吉な声で鳴き立てている。

所内では、さまざまな噂が囁かれていた。――庭師が妻を殺害したらしい……庭園で死体の捜索が始まったようだ……間もなく上層部の人間がやって来て、厳戒態勢が敷かれるだろう……。トリスタンはエリカに、ハイドリヒの部下が来ていることは伏せておくようにと口止めしておいた。さしあたり、研究者や職員には勝手に噂をさせておけばいい。隣村で神父と警官の殺害事件があって、ゲシュタポが犯人はアーネンエルベ内部にいると睨んでいることなど、どうせすぐに知れてしまうだろうから。

すでにトリスタンは、ハイドリヒの部下たちが、いかにも物々しい動きを見せながらも敷地を囲う塀に目をつけていることに気づいていた。もう木戸も見つけて、錠も調べているに違いない。連中には最近この木戸が使用されたことを見抜くだけの鑑識眼があるだろうか？　ないと言いたいところだが、万一の事態に備えておく必要はある。トリスタンは窓から離れ、階下の郵便の仕分け室へと下りていった。そこはかつて豪華な客間だった部屋で、中ではアーネンエルベが世界各地に派遣している調査団から送られてくる品々を受領して分類する作業がおこなわれている。エリカがそれらの調査団の任務の内容を明かすことはなかったが、その任務のほとんどは前任のヴァイストルトが決めたものである。南米や北極圏のそばで発掘調査をしているらしいなどと、陰でまことしやかに囁かれているが、真偽のほどは定かでない。仕分け室に入ると、遅い時刻にもかかわらず、職員が木箱を開けて、中から取り出したものをガラスの長テーブルの上に慎重に並べていた。その前で、エリカがアーネンエルベの職員手帳を開き、中に記した番号やメモと出土品とを突きあわせている。

「クレタ島の出土品が届いたんだね」イルカのフレスコ画の断片を見て、トリスタンは話しかけた。

エリカは顔も上げずに黙って頷いただけだった。ゲシュタポによる家宅捜索のおかげで内心穏やかではない。自分のところの研究者は一切関わっていないと確信しているが、ハイドリヒの真の狙いが不明だった。あの邪悪な危険人物の得意とするところは、政治工作であると聞く。戦争大臣のフォン・ブロンベルク陸軍元帥が結婚後に、元売春婦だったという妻の過去を暴露されて失脚した事件があったが、あれは裏でハイドリヒが動いていたというではないか？　突然アーネンエルベに目をつけてきたことも怪しい。脅しをかけられる前に、危険は遠ざけておかねばならない。

一方、トリスタンは、ヘスナー博士がアマルリッヒの遺体なき墓のそばで発見した鉤十字の刻まれた金細工が、一つだけ離れたところに置かれていることに気づいた。その輝きは、まるで昨日加工されたばかりのようで、クノッソスで見たときにも増して煌いているように見える。表面には疵《きず》もへこみもない。装飾品ではなく、信仰の対象として崇められていたもののようでもある。

「これはきみがよけたのかい？」トリスタンは尋ねた。

「ええ。ヒムラー長官に献上しようと思って」

「何千年もの時を経てきた鉤十字だ。断るわけがないな」

トリスタンは照明を動かして、直接光を当ててみた。金に彫刻されたシンボルは、驚くほどくっきりと端正に刻まれている。それぞれの角度に狂いがなく、ラインは寸分の乱れもない。

「鋳型みたいだな」トリスタンは仄めかした。「この装身具はもともとミニチュアのスワスティカを作るための型枠として使われていたようにも見える」

「考古学者ならそんな酔狂は言わないわね」エリカが指摘した。「上に穴があるでしょう？首にかける鎖を通すためよ。これはペンダントトップよ。それ以外は考えられないわ」

トリスタンは両手を挙げて降参した。悔しいが、これぱかりはエリカにかなわない。その代わり、別の手で挑発してみた。

「ヒムラーには愛人がいるのかな？　きみは一人の女性を喜ばせることになるかもしれないね。悠久の時を経て輝き続けるスワスティカを見せつけたら、長官ご贔屓の女性はイチコロだろう」

「ドイツの高級幕僚の艶笑話《えんしょうばなし》なら、あの斧みたいな顔したゲシュタポの親分のお耳に入れてさしあげたら？　ほら、ちょうど部下たちがすぐそこで捜査をしているところだし……」

不穏な空気が流れはじめたが、エリカは続けた。

「いい？　明日の晩、テンペルホーフ空港で飛行機に乗るわよ。イギリスの戦闘機を避けたいから、夜間に出発するの。潟《ラグーナ》の沿岸に目立たないように着陸して、護衛付きのボートでブラガディン邸の近くまで行く。ヴェネツィアできっと成果を収められるわよね。今度はもう失敗できないのよ」

三九

一九四一年十一月
マルタ島

「しっかりしろ！」

「うーん……」

ロールは目をしばたたかせた。真っ暗な闇に赤みを帯びた光がちらちらしている。目の前にぼんやりと人の顔が浮かび上がった。その人物は屈んで自分のことを覗きこんでいる。ロールは起き上がろうしたが、体に力が入らなかった。

「待った。手を貸そう」男の声が言う。「無理しなくていい」

ロールは背中を支えられて身を起こした。

立ち上がろうとしたとき、後頭部に激しい痛みが走った。思わずよろめくと、力強い両手が差し伸べられ、体をしっかり支えてくれた。視界にフレミング隊長の顔が現れ、次いで、翼の折れたハドソン機の残骸が映る。機体からは煙が上がり、その周りでイギリス軍の士官が大声で指示を飛ばし、ホースを持った兵士たちが消火活動をおこなっている。

目の前で繰り広げられている光景が現実のものとは思えなかった。

「ここはどこですか?」ロールは舌をもつれさせながら言った。

「マルタ島だ。イギリス空軍第二六七飛行隊と第二六八飛行隊のルカ基地にいる。どうやって切り抜けたのかわからないが、副操縦士が見事この滑走路に着陸させたんだ」

ゴムの燃える凄まじい臭気が辺りに漂っている。

「きみはついているようだな」フレミングが言った。「その代わり、頭に立派なたん瘤ができているがね」

「ほかのメンバーは?」

フレミングは一瞬手を離し、地面を指さした。ボンネットのへこんだジープの前に、四人の遺体が黒い帆布を掛けられて並んでいる。

「生き残ったのはわれわれだけだ。副操縦士も助からなかった。四人の仲間はここで任務終了だ。すぐに代わりのメンバーが派遣される。それで、きみの具合はどうだ?」

「万全とは言えないですけど」

「司令部にきみの代わりをよこすよう要請してもいいが……」

ロールはフレミングの手を振りほどくと、かぶりを振った。

「平気です。これ以上、時間をロスするわけにはいきません」

「よし、いいだろう。そこで待っていてくれ」

フレミングは消火班の指揮官に近づき、何やら相談をしていたが、やがて戻ってくると、ロールに向かって親指を立てた。

「準備OKだ。救護班がわれわれの荷物を車に積んでおいてくれた」フレミングは腕時計を見た。「あと四時間ある。ヴァレッタ観光と洒落こむわけにはいかないが、軍港に着いてからシャワーを浴びるくらいなら十分できる。そのあとでヴェネツィアに向かう潜水艦に搭乗する。さあ、行くぞ。ジープを用意してもらっている。何より作戦第一だ」

フレミングは幌を張ったウィリスの助手席のドアを開けてから、後ろを回って運転席に着いた。ロールが急いで乗りこむと、フレミングはいきなり車を急発進させた。エンジンが唸り声を上げ、ロールはシートに背中をしたたかに打ちつけた。

「間に合わないわけじゃありませんよね？」

「スピード狂なんでね。一度味をしめたらやめられないんだ、これればかりは」

ジープは滑走路に入ると、今を時めくスピットファイアと退役した複葉機グロスターグラディエーターが列をなす前をすっ飛ばし、外壁を半分近くえぐられた二つの格納庫のあいだを縫うように進んだ。格納庫からは煙が出ており、その周りで兵士たちが忙しく動きまわっている。フレミングはその中の二人を危うく轢きそうになり、容赦のない罵声を浴びた。ロールは咳払いをした。

「敵どころか味方を殺すつもりですか？」

「むしろその逆だよ。兵士たちの反射神経を鍛えてやっているんだ。反応の鈍さは死に繋がる」

出口の検問所の前まで来ると、フレミングは急ブレーキをかけた。上着の前をはだけ、疲労を滲ませた監視兵が書類を調べ、遮断機を上げた。

「主要道路は通行止めになっています。南へ迂回して港に向かう国道を行ってください。矢印が出ていますから、それに従ってください。途中、トラック数台が燃える事故が発生しています。お気をつけください」

「ありがとう。ただし、ボタンはきちんと留めたまえ。きみは国王陛下の擁する英国軍の一員なんだぞ！」

相手の返事も待たず、フレミングは一気にアクセルを踏みこんだ。ロールは眉をひそめた。

「マルタ島では敵の爆撃が続き、包囲戦を強いられています。あの兵士だって服装に気を遣ってなんかいられないと思いますけど」

「わたしはそうは思わない。外見がその人物の評価の分かれ道となる。たいへんな時代だからこそ、気をつけたいものだ。兄とわたしは流感で伏せっているときでさえ、母からスーツを着せられていた。なんの支障もなかったことは言うまでもない」

ロールはシートにきちんと座りなおした。すり減った灰色のアスファルト道がうねうねと続き、その両側にはマツの巨木や石の彫刻にも似たイナゴマメの木が路肩まで迫ってきている。

「お願いしますから、スピードを落としてください。飛行機では死なずに済んだのに、木に激突して最期を迎えるなんてごめんです」

　ジープはやや速度を緩めた。

「アメリカ製のエンジン。作りはいいが、やや物足りない……。このモデルは試したことがなかったな。もっと馬力を上げるとしたら、代わりにアマースト・ヴィラーズが開発したスーパーチャージャー(注4)がいいだろう。だが、ベントレーが許さないか……」

　目の前の丘の向こうにオレンジの光の連なりが見えた。カーブに差しかかるたび、フレミングのハンドルを握る手に力が入る。

「隊長、質問してもいいですか？」

「いいとも」

「このミッションの目的はご存じなんですよね？」

「ああ。戦争の流れを変える力を持つという第三のスワスティカを獲得する。情報部長のジョン・ゴドフリー海軍少将からそう聞いている。いやあ、ひどく興奮したよ。ジョン・バカン(注5)の小説みたいだってね」

「詳しいことまでお聞きになっていますか？」

「もちろんだ。きみの上官の報告書はすばらしかった。モンセギュールでのレリック獲得作戦、その前にチベットとモンセラート修道院で起きたこと。隅々までじっくりと読ませてもらった。敵側に潜入しているエージェントのことも気になる。早くヴェネツィアでお目にかかりたいものだ」

「トリスタン・マルカスですね……」

「名前はジョン・ディーだと聞いているが。少なくとも、マローリー司令官はわれわれにそう言っていた」

ロールはフレミングのほうを見た。ジョン・ディー——SOEの秘書室で覗き見したファイルに記されていた名前だ。

「アングロ・サクソン系の名前ですね。違和感があるわ。トリスタンはわたしと同じフランス人なのに」

フレミングは笑った。

「そうか、きみは知らないのか。それなら、教えよう。ジョン・ディーは実在した人物なんだ。十六世紀のイギリスの優れた間諜《かんちょう》で、エリザベス一世の手先として働いた。数学者、天文学者でありながら、占星術師でもあり、錬金術や魔術にも詳しい。その多才ぶりを隠れ蓑に、ヨーロッパ中のあらゆる王宮に出入りしていた。晩年は、天使と交信するための言語を創り出し、錬金術師として賢者の石を得たことを誇りにしていた。マローリー司令官がそのトリスタンにジョン・ディーという呼び名を与えたのも、なるほどと思えるよ。彼もまた、政治目的の神秘思想の秘密を探る特殊なスパイなんだろう？」

丘の頂を越えたところで、フレミングは突然ブレーキを踏んだ。車とトラックの長い列ができていて、停まったりのろのろと進んだりを繰り返している。

「くそっ！」フレミングは悪態をついた。「ブレーキが点検された車でよかったよ」

ロールは取っ手に摑まっていたことを神に感謝した。

フレミングはエンジンを切り、ロールに銀のシガレットケースを差し出した。ロールは自分用に一本取って、フレミングの煙草にも火を点けてやった。

「モンセギュールのときと同じく、マローリー司令官がこのミッションを指揮するはずでした。なぜ、海軍情報部がわたしたちの仕事に介入してきたのですか？　地中海における秘密作戦は海軍本部が指揮を執るべきだというチャーチル首相の説明には、まったく納得がいきません」

フレミングはいかにもうまそうにゆっくりと煙を吐き出した。

「そこまで言うなら、本当の理由を教えよう。われわれは国家社会主義におけるオカルト信仰について調査をしてきた。われわれの領分を侵しているのはSOEのほうだ」

ロールは驚いてフレミングを見つめた。フレミングは続けた。

「ナチスの城の扉を最初に開いたのは、われわれ海軍情報部なのだ」

四〇

一九一九年四月二十六日
ミュンヘン

　ミュンヘンでも一等地とされてきた通りにホテル〈フィアヤーレスツァイテン〉は建っていた。今やプロレタリア独裁政権下にあるこの町に、このような場所が存在していることが謎である。革命もホテルの前ではぴたりと歩みを止めてしまったようだ。

　高級車が到着するたびに、将軍のような飾緒《しょくしょ》をつけたドアマンたちが駆け寄り、ドアを開けると、ハイヒールの女やタキシードの男が姿を現す。その傍らでは、客待ちの観光馬車に繋がれた馬が二頭、焦れたように前足で地面を蹴っている。まるで古き良き時代のドイツ帝国を彷彿させる光景だ。窮乏と逮捕の嵐が吹き荒れるなか、町中が息を凝らしているというときに、この〈フィアヤーレスツァイテン〉だけは、豊かさと安寧が約束された孤島のようだった。

　エントランスを前にして、ヒトラーは立ち尽くしていた。トゥーレ協会はこんな場所で集《つど》っているというのか？　継ぎ接ぎだらけの上着にすり減った靴。ヒトラーは前に踏み出すのをためらった。人目が気になるのではなく――もっともヒトラーに目を留める者などいなかったが――、つくづく自分に嫌気がさしたのだ。自分の貧しさ、凡庸さは否めない。結局、ウィーンにいた頃から何も変わっていないではないか。十年経っても、相変わらず物乞い同然の暮らしをしている。パーセヴァルク病院で視力を取り戻してから漲るようになっていた自信も、さっさとどこぞへ飛んでいってしまった。ヒトラーは、ランツからもらったお護りを握りしめた。このあと、さらにどれほどの屈辱を味わわされることになるのか？　どれくらいのあいだ恥ずかしさに身悶えすることになるのか？　自分が人知れず次々と襲いかかる苦難のなかを突きすすむ騎士のように思えてくる。希望の影すら見出せない騎士……。ヒトラーは自分の弱さを呪った。この大通りを渡り、石段を上り、ドアマンに声をかけるなど、とうてい無理だ。四年にわたって銃弾や砲弾が飛び交う戦場を経験してきたにもかかわらず、ドアマンから蔑んだような視線を向けられるかと思うと、ヒトラーは身がすくんだ。

「ヒトラーさんですね？」

ヒトラーは驚き、声のしたほうを向いた。杖をついた青年がそこに立っている。うねった髪。その下の広くて平らな額。額の幅を保ったまま顎まで続く顔の輪郭。適当に線を引いて描いたような長方形の顔だ。そして、その上にいやに薄い唇と、異様なくらいこちらを凝視する目が配置されている。だが、何より驚くのはその眉毛だった。炭のように黒々として逆立っている。闇から這い出したばかりのノーム（注6）のようだ。

「いやあ、友人のヴァイストルトくんが描いてくれた似顔絵のとおりですね。僕はルドルフ・ヘスです」

安堵して、ヒトラーは手を差し出した。

「パイロットだそうですね？」

「ええ、以前は。今は動員解除され……」

ヘスはヒトラーの服を見た。

「きみと同じく、この上着に魔法をかけてくれる、親切な仕立屋を探しているところですよ」

数か月間ぶりに、ヒトラーは笑った。つまり、この元軍人だという青年は、自らのみすぼらしいなりを堂々と笑い飛ばすことのできる男なのだ。

ヘスは眩いばかりに煌めくホテルの正面を指さした。オーケストラの奏でる浮き浮きするような音楽が流れてくる。

「こんなボロ着のままでは、中に入れてくれそうもない……」

今度はヘスが、くすっと笑った。

「というのは冗談です。昔話の世界みたいなものですよ。暗く危険な森の奥深くに、あらゆる希望に満ちた城がそびえている。門戸は閉ざされているけれど、門番と知り合いならば中に入れる……」

「では、ドアマンとは知り合いだと？」

「まあ、そういうことです。きみはお護りを持ってきていますか？」

ヘスはフラワーホールの裏側に着けたスワスティカを見せながら訊いた。

ヒトラーは拳を開き、自分のスワスティカを見せた。

「それなら扉は開くでしょう」

二人はホテルのエントランスへと進んだ。ドアマンがすごい剣幕で駆けつけてきて、二人を追い払おうとした。

「われわれは、フォン・ゼボッテンドルフ男爵に招待されています」

雷に打たれたように、ドアマンは平身低頭した。

「いらっしゃいませ。男爵さまは〈赤の広間〉でお待ちです」

ホテルのロビーの天井はステンドグラスのドームになっており、まるで大聖堂のようだった。だが、その幻想的な雰囲気も、怪しげな人々の群れが視界に飛びこんできたとたんに消え去った。広間に入るなり、ラメ入りのイブニングドレスに眩暈を起こしそうなハイヒールを履いた若い女が近寄ってきて、宝石を買わないかと持ちかけてきた。「ただも同然」の値段で売ってくれると言う。ヒトラーが全身をわななかせながら額に垂れた前髪を振り払うと、女はケラケラと笑い、ダンスのステップを真似ながら離れていった。広間の入口の前では猪首《いくび》の男たちがたむろしている。酔っているのか赤ら顔だ。男たちは皺くちゃの封筒をやり取りしただけで中には入らず、幽霊のように消えていった。まるで広間全体が舞台のようだった。そこでは秘密と不実が交錯する喜劇が演じられている。ヒトラーは身震いした。なんていかがわしい世界なんだ。反吐が出る。ヒトラーはヘスのほうを見た。こんな堕落しきった場所に身を置いていても彼は平気なのだろうか？　だが、それを尋ねる間もなく、いきなり広間の薄暗い一角からピアノの旋律が流れてきた。白髪《はくはつ》の男性が途切れることなく音を紡いでいく。まるで、タイピストがタイプライターに向かうように鍵盤を叩いている。そのリズムにしろ、調べにしろ、まるで聞いたことのない、ひどくガチャガチャした雑な音楽だ。

「ジャズですよ」ヘスが説明した。「アメリカ発祥の音楽です」

「音楽っていったって、あんなでたらめな曲、いったい誰が弾くものかね？」

ヒトラーは驚きの声を上げた。ピアノ曲といえば、ベートーヴェンのソナタしかないと思っているくらいなのだ。

「黒人が演奏するんですよ」

そこに髪の短い若い女のカップルが通りかかった。女たちはねっとりとキスを交わして笑いころげている。一方は相方の後ろポケットに手を差し入れていた。あんなズボンを穿いた女を見るのははじめてだ。

「ゴモラ(注7)だ」ヒトラーは唖然とし、嘆息した。

「あっちはソドムです」

ヘスの指さすほうを見ると、窓辺で軍服姿の兵士が、口紅を塗りたくった男を激しく抱きしめている。

それを横目に、二人はバーに近づいた。そこでは複数の言語が飛び交っていた。非の打ちどころのないスーツに身を包み、口もとにうっすらと髭を蓄えた二人の外国人が、イタリア語や英語を交えながら東洋人と議論を戦わせている。一方の東洋人はひっきりなしに額の汗を拭っていた。

「で、ここがバベル(注8)」ヘスが付け足した。

「どうしてきみは、こんなものを見せようとするのです？　わたしを試すつもりですか？　ふざけているだけですか？　わたしを馬鹿にしているのですか？」

ヒトラーは、スワスティカを握った右手をわなわなと震わせながら喚いた。

すると、ヘスが口を開くより先に、一人のバーテンダーが進み寄り、常連客に話しかけるように気さくに声をかけてきた。

「外国のお酒はいかがでしょうか？　わたくしどもでは、お客さまが憧れるようなお酒をすべて取り揃えております。フランスのコニャック、スコットランドのウイスキー……。

そのほとんどが数十年ものです」

ヒトラーは卒倒しそうになった。アルコールは一切口にしたことがない。それどころか酒好きの連中には生理的に嫌悪感を覚えるくらいなのだ。ヒトラーはヘスの袖を引っ張った。

「こんなところで油を売っていないで、今すぐトゥーレ協会の集会に連れていってください！」

ところが、ヘスはまあまあというような仕草をして、バーテンダーに注文した。

「コニャックを一杯ください。レミーマルタンを」

「お客さま、さすがお目が高い。お席のほうは、暖炉のそばの肘掛け椅子はいかがでしょうか？　すでにほかのお客さまが二名、おかけになっていますが、きっと相席を歓迎なさいますよ」


ヒトラーは渋々ヘスについて行った。ヘスは先客の男たちに挨拶し、肘掛け椅子に腰を落ち着けた。

「ご一緒にうまい葉巻をいかがです？」男の一人が話しかけてきた。「こんなご時世ですから、なかなか手に入らんものですが、われわれにはまだ十分な備蓄がありましてね。ハバナ産かドミニカ産か。お好きなほうをどうぞ」

ヒトラーはたまらず口を挟んだ。ここまでどうにか目をつぶってきたのに、煙草まで勧められてはかなわない。

「煙草は嫌いです。控えていただけませんか」

「ほう、どうやらこの場所は、あなたには合っていないようだ」

ヒトラーは相手をじっと見据えた。その大きな顔にはぼってりと肉がついていて、頬ははち切れんばかりである。顎は脂肪の奥に埋没し、瞼まで重く腫れぼったい。あと数年もすれば、顔の全体を分厚い脂の層がたゆたうことになりそうだ。さすがに両目だけは肉に隠れることもなく、明るい灰色の瞳が遠い異国からやって来たような風情を漂わせていた。

「金持ちがのさばって好き放題やっている場所でしょう。市民が飢えで死んでいるというのに」ヒトラーは苛立ちを露わにした。「卑しい買収に手を染め、恥ずべき放蕩に耽り、おぞましい売春がおこなわれている場所……」

「国家の危機には有用なものばかりですよ。ライフル銃だけで勝利が得られるとでも？」

ヒトラーはうんざりしてヘスのほうを見た。

「トゥーレ協会の人間に会わせてくれるという約束だったじゃないですか」

「約束ならたった今果たしましたよ」

呆気に取られ、ヒトラーは葉巻を勧めた男のほうに向きなおった。男は嫌味っぽく頭を下げた。

「わたしはルドルフ・フォン・ゼボッテンドルフ男爵と申します。そして、ここが〝トゥーレ王国〟です」

ピアノの不規則なリズムが消え、弦楽オーケストラの奏でる物憂げなメロディに変わった。広間の中央では、すでに何組もの男女が出てきて踊りだしている。

「天下の動静も、われわれの目には渦のように見えているだけです」フォン・ゼボッテンドルフは語った。「何もかもが拙速に過ぎ、度を越している。世の中の動きは加速する一方で、もはやわれわれはわが身を時代の鏡に映し出すことができなくなっている。われわれは不安に駆られ、攻撃することで身を守っているのです」

はじめこそ驚いたものの、ヒトラーは相手の話に注意深く聞き入った。トゥーレ協会の創始者の言葉は不思議と胸を打った。フォン・ゼボッテンドルフは、犠牲を強いられている人々の心の声を代弁している。敗戦の激流に流され、革命の洪水に呑まれ、ドイツ社会は突如崩壊した。大勢の人々が瓦礫の中に取り残され、行き場を失い、途方に暮れ、その怒りは爆発寸前に達している。

「歴史は加速しているのに、それを止められると思うのは、間違いのもとです。歴史には周期というものがある。それに逆らっても無駄なこと。むしろ逆効果です」

アドルフは思わず口を開いた。

「ただ流れに追随しろとおっしゃるのですか？　国が衰退し滅んでいくのに任せて……」

「そうではない。歴史とは竜巻のようなものです。その中に入ってしまえば、影響が及ぶことはない。動静の不動の中心にいるかぎり、その軸となれるのです」

フォン・ゼボッテンドルフは、人々が夢中になって踊っているほうを指さした。

「ここはどこだと思いますか？　貴族の生き残りや裕福なブルジョワ、ペテン師や売春婦が酒とダンスに溺れる、いかがわしい溜り場だと？　いいえ。あなたがいるのはトゥーレ王国です。ここで、われわれは過去を葬り、未来を取り戻そうとしているのです」

騙されてはいないだろうか、とヒトラーは思った。この風変りな名前の男爵は、暗黒時代に現れた、ただの奇術師かペテン師に過ぎないのではないか？

「あなたはこう思っていたのではありませんか？　この共産主義革命の最中《さなか》に、なぜこのような場所が存在しているのかと」

ヒトラーは目で頷いた。

「それは、ミュンヘンに嵐が吹き荒れても、ここが混乱に動じることはないからです。ここだけは不変の場所なのです」

ヘスが言い添える。

「ここでは、あらゆるものが売られ、取引されています。だから、共産主義者たちはこの場所を閉鎖しません。一見、ただ道楽のためだけにあるようなこの広間が、実質的にはミュンヘンの商品取引所となっているのです。向こうもそれを承知で、この場所を必要としていているのです」


「どういうことです？」

「ここでなら、武器の運び屋を買収することもできます。娘に金をやって将校の寝室に送り、情報を得ることも……」

「なんと下劣な！」ヒトラーは声を荒らげた。

落ち着いた口調で、フォン・ゼボッテンドルフが話を続けた。

「買収というのも、他者の手を借りた一つの政治手法ですよ。共産主義者たちは、それを利用しているつもりでいますが、向こうに渡る情報が嘘であり、流す武器が欠陥品だとしたらどうでしょう？」

「バイエルン政府は町の周辺に部隊を集結させています」ヘスが説明した。「間もなく攻勢に出るでしょう。しかし、軍は市街戦を嫌います。密集する建物に乱立するバリケード。ミュンヘンは徹底的に破壊され、存続できなくなるでしょう。それこそがトゥーレ協会がこの場所に潜りこんだ理由です。革命軍の勢力を弱め、介入する機会をうかがっているのです」

すると、フォン・ゼボッテンドルフがスワスティカを取り出し、テーブルの上に置いた。ヒトラーやヘスの持っているのと同じものだ。

「古代からこのシンボルはどの文明においても好んで使用されてきました。中央アジアから北欧に至るまで、チベットの寺院にもカトリック教会の壁にも、同じシンボルが見られます。民族学者によれば、太陽の運行を表したものだそうですよ」

フォン・ゼボッテンドルフはいったん言葉を切ると、スワスティカを左回りに回転させた。そして続けた。

「われわれの友人ランツにとっては、アーリア民族の象徴であり、〈オースタラ〉のマークとして使っていました」

「あなたにとっては何ですか?」ヒトラーは尋ねた。

フォン・ゼボッテンドルフは再びスワスティカを回転させた。今度は時計回りに。

「重要なのは、このシンボルの意味ではない。誰がこれを回転させるかということです。目には見えない心棒、隠れた中心軸……これを動かす手が重要なのです」

「トゥーレ協会のことですか」ヒトラーは呟いた。

「今のところはそうですが、将来も見据えておかねばなりますまい。この回転運動はもはやミュンヘンだけにとどまらず、ドイツ全体に広がり……」

フォン・ゼボッテンドルフが勢いをつけて回すと、スワスティカは独楽《こま》のように回転しはじめた。

「ひいては全世界を巻きこんでいくでしょう」

ヘスが何か言いかけたとき、バーテンダーがフォン・ゼボッテンドルフのそばにやって来た。

「男爵さま。政府軍がミュンヘン郊外に入ってきました。最初にかなり激しい武力衝突があった模様です。一方、市内では共産主義者たちによる一斉検挙が始まっています」

フォン・ゼボッテンドルフは、依然として回転しつづけるスワスティカを見つめた。

「これがいつ止まるかは、誰にもわからない」

そう呟くと、ヘスとヒトラーのほうに向き直った。

「そろそろお帰りになったほうがいいでしょう」

ヒトラーは真っ先に立ち上がると、デリケートな質問をぶつけた。

「政府軍が攻撃すれば、赤軍は反撃に出るでしょう。トゥーレ協会はどうするつもりですか?」

フォン・ゼボッテンドルフはヒトラーの手を握った。

「歴史を書くのです。今度は、血の文字で」

四一

一九四一年十一月
ロンドン

〈グリーン・ライオン〉はキルバーン・ハイ・ロードの東にある数少ない居酒屋の一つだ。店の表でたかられたりする心配もないため、遅い時間でも常連客は安心してビールのお代わりを頼むことができる。店構えは見栄えが悪くて貧相だった。くすんだ緑色のセメント壁に黄ばんだガラス窓がはめ込まれているのを見ると、入るのがためらわれてしまうほどである。

この店はロンドン北部のアイルランド人の溜り場になっていて、地下運動のリーダーや独立派のシンパたちが足繁く訪れていたが、どんな些細な暴力行為も黙殺されることがなかった。ならず者、ＩＲＡの活動家、故郷を懐かしむ求職中の前科者らの出入りもある。全員が全員、アイルランド人だ。それでも感心すべきことに、店に警察が踏みこんできたことはないし、客の中に密告するような者もいない。店主は年の頃は六十、生粋のアイルランド人で、二十年以上にわたって大英帝国の監獄を転々としてきたこともあり、好ましからぬ客を見分ける目を持っていた。店主の本名を知る者はなく、周りからは叔父貴《オールド・アンクル》と呼ばれているが、その由来を問う愚かな客もいなかった。店主がこの界隈のボスに連れられてきたのは、かなり昔のことだった。

禿頭のでっぷりとしたその男が店のドアを押して入ってきたとき、店主は警戒するように相手を見つめた。客はアイルランド人ではない。男の風上にも置けないような気取ったなりをして、見るからに胡散臭そうである。

アレイスター・クロウリーはつまらなそうに店内を見回した。こんな店よりもっと生命の危機を覚えるような酒場に出入りしていたことがある。クロウリーは緑、白、オレンジの縦縞のアイルランドの国旗を掲げたカウンターに近づいた。ビール・サーバーの横の柱に絵が掛かっている。ジョン・ブル(注9)が緑色の陽気なロバに尻を蹴り上げられている風刺画だ。

「いや、結構、結構。ご主人ご自慢の店のようですな」

店主は肩をすくめた。アクセントから、この辺の者ではないことがうかがい知れた。

「ここは居酒屋だ。飲まないなら、帰ってくれ」

「ちょうどいい。喉が渇いていたところでね。ワインを一杯頼みます、おたくで一番上等なのを」

店主は笑いを禁じ得なかった。カウンターにいた客の一人が嘲るように口を出す。

「なあ、叔父貴よ、こいつ、おかしなことを言ってやがる。ワインだとさ……。いっそ、シャンパンでも出してやったらどうだ？」

「ここは、ワインは置いていない。よそに行ってくれ。店を出て左へまっすぐ行けば、テムズ川だ。そこで船に乗ってフランスに行くんだな」

カウンターの周りでどっと笑いが起きた。クロウリーはにんまりとした。

「なるほど、こちらはろくなメニューも置いていないのか。よし、お遊びはやめだ。用事があって来たんだ。モイラと約束がある。もう来ているかね？」

店主は頷き、奥のほうのドアを指し示した。

「悪いね」クロウリーは言った。「ビールを持ってきてくれ。胃に優しいやつがいい。キルケニーにしよう」

クロウリーは自分をじろじろ見つめる客たちの目を気にすることなく、店内を突っ切って奥の細長い部屋に入った。そこには、仕切りで区切られたボックス席が並んでいた。クロウリーはすぐにモイラの赤毛を認めた。モイラは肚《はら》の中同様どす黒い色の服を着て、スタウト・ビーミッシュを飲みながら〈ガーディアン〉紙を読んでいた。

「アレイスター、二十分遅刻よ」モイラは新聞から頭を上げて言った。「もう来ないかと思った」

「すまん。この辺は不慣れなものでね。タクシーに手前で降ろされてしまって、歩かねばならなかったのだよ」

　店主が部屋に入ってきてクロウリーの前にビールジョッキを置くと、モイラにアイルランド語で話しかけた。クロウリーにはさっぱりわからなかった。

「ええ、大丈夫。こちらはいいイングランド人だから」モイラが店主に言った。

「いいイングランド人なんているわけねえ。いい加減、肝に銘じておくこった。あいつら全員、絞首刑にするべきだ」店主はぶつぶつ言って、出ていった。

「アイルランド流のもてなしだな」クロウリーは喉の奥で笑った。

　モイラはクロウリーの目の前に新聞を広げた。

「ほら。あんたが好きそうな記事。タワーハムレッツ墓地殺人事件ですって。墓地で若い女の死体が発見されたのよ。いろいろ書いてあるけど、ぞっとするわ。被害者は手足を切断されていたんだから」

　クロウリーは毒蛇でも触るように新聞を手に取った。殺された女性が地獄の火《ヘルファイア》クラブで見た娘だとすぐにわかった。二ページにわたり、墓地の守衛らの目撃証言が載っている。警察は被害者の身許を特定できていないらしい。

「怖しい女だな、おまえは」クロウリーは呟いた。「そこまでする必要があったのか？」

「安心して。あの娘の魂は守られている。情報は用意できているんでしょうね？」

　クロウリーは懐から封筒を出して、テーブルの上に置いた。モイラが手を伸ばすと、クロウリーはその上に大きな手を乗せて取らせまいとした。

「ネガはいつ渡してくれるんだ？」

「その手をよけな、アレイスター」

クロウリーは渋々手を引っこめた。モイラは封筒を開き、十枚ほどある書類に目を通してから、クロウリーをじっと見つめた。

「これだけ？　ＳＯＥの訓練センターの場所、傍受施設、組織図……。どれも既知の情報だよ。あんたってどれだけ役立たずなの？　タワーハムレッツ殺人事件の続報が手に入ったら、記者たちはさぞかし喜ぶでしょうね。あんた、腕利きの弁護士を探さないといけなくなるわよ」

「そんなに簡単なことじゃないんだぞ。本部に忍びこんで、足しになりそうな情報を選び出すのは！　ちゃんと読んでくれ。七ページ目の後半だ」

モイラは改めてじっくりと読みなおした。

「トワイライト作戦1……回収に失敗……『トゥーレ・ボレリアスの書』。ルドルフ・ヘスの尋問……。何よ、これ？」

「上官が計画した作戦だ。フランス南部のモンセギュール城で展開されたが、失敗に終わった。今また、新たなミッションに向けて動いているが、上官は明らかにナーバスになっている。作戦はヘスの尋問と関係がありそうだ」

「ヘスは完全にいかれているって話だったじゃない」

「わたしの収集した情報がいらないというなら……」

「アレイスター、あんた、まだ隠していることがあるようね」

ハンチング帽を被った三人組が入ってきて、入口付近のボックス席に座った。モイラは声を潜めた。

「これはベルリンに送るわ。これが何を意味するか、いずれわかるでしょう。そしたらすぐに知らせるわ」

クロウリーはビールに口をつけずに立ち上がった。

「おまえの仲間のドイツ人たちが……ヨーロッパで何をしているのか、知っているのか?」

モイラは冷ややかな視線をクロウリーに投げた。

「ソ連侵攻のこと?」

「それだけではない。ドイツ人は残虐な行為を働いている。ユダヤ人に対して」

「アイルランド人が蜂起したときに、イングランド人がアイルランド人に対してやったことと同じね。《かつてあったことは、これからもあり、かつて起こったことは、これからも起こる。太陽の下、新しいものは何ひとつない》(注10)まるで魔女狩りよ……」

「魔女狩りの比ではないぞ。大違いだ。民族を根絶させようとしている」

「わたしは反ユダヤではないし、ユダヤ人たちの運命を気の毒に思う。でも、ユダヤ人は、イングランド人の毒牙からわが祖国を解放する手助けはしてくれない」

「ふん、身勝手なパディ(注11)め。おまえのお涙頂戴なんてどうでもいい。アイルランドは独立国家だろうが。しかも、中立を宣言している。ダブリンにはドイツ大使館まである」

「中立とは言えない……。アイルランド人の多くはずっとイギリスを支持している。わたしとは大違いでね。イギリス軍に参戦している人たちだっているし。でも、あんた、北アイルランドのことを忘れていない？　ベルファストの同志は残忍なトミー(注12)から相変わらずひどい目に遭わされているわ。アイルランド島が統一されない限り、戦いは続くのよ」

「アイルランドは実に奇妙な同盟関係に身を置いている……」

「ドイツはいつだってアイルランド共和国の独立に理解があった。カイザーは先の大戦中、武装蜂起の援助をしてくれたし、今だってフューラーが支援してくれている。アイルランドの味方よ。その一言に尽きるわ。わたしが倫理道徳を学ぶのはあんたからじゃない。何十年も悪魔やおぞましい悪霊たちの力にすがってきたあんたからは教わらない」

　クロウリーは頭を振り振り戸口に向かった。そして、ドアに手を掛けたとき、振り向いて言い捨てた。

「この戦争で、自分を凌ぐ悪が存在することを知った。サタンをはるかに超越する悪だ」

「サタンより悪いもの？」

「人間だよ」

ベルリン同時刻
テンペルホーフ空港

突風が格納庫に吹きこんでくる。機体の周りでは整備士たちが慌ただしく立ち働いている。イギリス空軍に目をつけられないように、メッサーシュミットの主翼と尾翼の鉤十字が大急ぎで塗りつぶされる。さすがに経験豊かなイギリス人パイロットは騙せないだろうが、高度を下げたときに地上からの監視の目を欺くにはこれで十分である。波板の壁にもたれて、エリカは整備士たちの無駄のない動きを目で追っていた。タイヤの空気圧を点検する者。油圧系統に漏れがないか確認する者。飛行機を飛ばすには、信じられないほどの数の部品が一つも欠けることなく機能しなければならないのだろう。そう思うと、飛行機の安全・安心を追求したところできりがない。とりあえず信頼を置くことよりも勇気を持つことだ。ずいぶん前からエリカはそう考えるようになっていた。何より、勇気は自分次第だから確実だ。だが、信頼は相手にもよる……。

「天気予報次第では待ったがかかるかもしれない」トリスタンが言った。「特にアルプス越えをする場合は」

エリカは澄んだ目でまっすぐ空を見た。

「待つわけにはいかないわ。すぐにヴェネツィアに向かわなければ」

「パイロットが相談してくるだろうな」

エリカはトリスタンをじっと見つめた。トリスタンに不安や迷いの影がないか探ってみたが、そういったものはまったくない。ここですぐに出発を決めれば、トリスタンはつべこべ言わず、冗談の一つでも飛ばしながら飛行機に乗りこむだろう。ただ、トリスタンを動かしているものは勇気とか、信頼とかではない。何かはわからないが、もっと別の感情だ。エリカは微笑んだ。

だが、これぱかりは認めざるを得ない。信頼できようができまいが、今、自分はこの男を愛している。

「パイロットに出発すると伝えてきて。責任はわたしが持つ」

四二

一九四一年十一月
マルタ島

渋滞で身動きがとれず、ロールとフレミングはジープから降りた。乾燥した灌木地帯の景色に目を凝らしながら、煙草をふかす。見渡す限り満天の星である。冷たい風がそよぎ、空気が冴え冴えとしている。地中海にも冬が近づいている。

「静かだな」フレミングが呟く。「イタリアとドイツに島が包囲されているとはにわかに信じがたい。世界が炎と血の時代にあることが嘘みたいだ」

「ちょうど台風の目の中にいるのでしょうね。間もなくここも抜けることになりますけど……。でも、まだ話の途中です。なぜイギリス海軍情報部はナチスのオカルト信仰に首を突っこんだのですか?」

「それは、去年、一九四〇年五月に遡る。ナチスがオランダ、ベルギー、フランスに侵攻する一週間前のことだ。ナチス宣伝大臣のゲッベルスがノストラダムスの四行詩(注13)を掲載したビラを大量に刷らせた。その詩では、なんと連合国の敗北とドイツの勝利が予言されていたのだ。ビラはフランス語とオランダ語で書かれ、大量にばら撒かれて民衆の士気をくじいた。ドイツが勝利を収めたあと、ゲッベルスは何度もこの作戦を自慢していたらしい」

「まさか世間は予言を信じたわけじゃないですよね？」

「いや、それが信じたのだ。大勢の人間が南へと避難したそうだ。予言に南は爆撃から守られるだろうと書かれていたからなんだ。われわれ海軍情報部はこの事態を重く見た。問題視したのは予言の内容ではない。予言が心理面に及ぼす影響だ。なんといっても、われわれは心理戦に関する草分け的存在であるからね。さらに、ゴドフリー情報部長がかねてより秘密結社や占星術やオカルト思想に高い関心を寄せていたということもある。そんなわけで、部長から極秘裏にこの件に関する報告書をまとめるように指示があり、わたしがその任に当たることになったのだ」

　なぜフレミングに白羽の矢が立ったのか。ロールはそれが知りたかったが、あとで訊くことにした。

「いくつかの情報源に当たるうちに」フレミングは説明を続けた。「この不吉な対外宣伝工作のために、ドイツの占星術師たちがゲッベルスに徴用されていたことがわかった。いやあ、驚いたね。すると、わたしの同僚の二人が俄然興味を持ちはじめ、ヘスやヒムラーやローゼンベルクといったナチス幹部がオカルティストたちと繋がっていることを調べ上げた。そこで、われわれは敵の作戦をより正確に把握するために、イギリスに亡命したドイツ人占星術師のルイ・ド・ウォールを召喚した。おもしろい男でね、いささか狂信的な印象があったよ。きみは信じないだろうが、すべては暗々裏に進められてきた。SOEとは違う……」

「どう違うのですか？」

「マローリー司令官はあの悪目立ちするアレイスター・クロウリーを伴って、ロンドン塔でルドルフ・ヘスを取り調べたではないか？　それが上層部の耳に入り、少なからず物議を醸した。そこから、情報部長はSOEが魔術の専門家らを集めて特殊な部門を起ち上げたことや、例のレリックを探しているという情報を掴んだわけだ」

その有無を言わせない物言いが癇に障り、ロールはフレミングの話を遮った。

「だからといって、どうしてあなたが隊長としてここにいるのかがわかりません！」

「単純なことだ。情報部長が首相に掛けあったんだ。この手のことで海軍情報部の右に出る者はいないとね。首相は情報部長とは懇意だったから、言い分を受け入れて、折衷案を思いついた。それで、わたしが現地に送りこまれ、マローリー司令官は後方で作戦の指揮を執ることになった。恨みっこなしだ」

「それで、報告書は海軍情報部のほうに提出するんですね？」

「もちろんそうだが……」

ロールは吸い殻を念入りに踏み消した。この辺りの草地は乾燥しているから、わずかな火種でもあっという間に燃え広がってしまうに違いない。

「つまり、占星術師を雇うほどオカルトに関心のある海軍将校がいて、不思議な力を持つレリックを探している諜報機関がある。そして、レリックを手にするために特殊部隊を派遣してしまう首相がいる、と……そういうことですか。本当にイギリス人にはずっと驚かされっぱなしですよ。きっとこの先も。フランスでは、情報機関が予言者やら占い師やらを使って云々ということはなさそうですけど」

フレミングはたっぷりと吸いこんだ煙を長々と吐き出した。煙はすぐに空へと消えていった。

「そんなことはないさ。おおいに神秘的な伝説や人物はたいてい、フランスに由来する。ノストラダムス、カタリ派の悲劇、テンプル騎士団、交霊術、錬金術師のニコラ・フラメル、聖杯伝説……。まあ、聖杯伝説については、クレティアン・ド・トロワがケルトの伝説を剽窃《ひょうせつ》したものだと、わたしは思っているが」

「単なる作り話じゃないですか！」

「きみはわかっていないね。そういったものが実際に存在しているかどうかは重要ではない。なぜ敵が信じているかが重要なのだ。それをもとに、つけ入る隙はないか、逆手に取れないかを考え、相手の行動を予測する。さらに、ほとんど人知の及ばないようなロジックを考慮したうえで先回りをする。つまり、それは謎めいた影の力のことを指す。その力が働くことで生まれるもの、それが人類の歴史と呼ばれるものなのだ」

次々とエンジンをかける音がして、一斉にクラクションが鳴りだした。渋滞の列が動きはじめている。フレミングはロールに合図し、二人は車に乗りこんだ。ジープは騒々しい音を立てて走りだした。

「もう少しわかるように説明していただけませんか？」

「ナチスのソ連侵攻を考えてみるんだ。六月二十二日、ヒトラーがスターリンに宣戦布告した。奇妙だと思わないか？」

「別に奇妙とは……」

「フランス人がそんなことを言うとは驚きだな。この日はフランスとドイツが休戦協定を結んだちょうど一年後に当たる。調印がおこなわれたのはルトンドの鉄道車両の中で、一九四〇年六月二十二日のことだ」

「それはそうですけど、だから？」

「ちょうど一年後だぞ。西方で全面的に勝利を収めたその一年後に、東に向けて大規模な侵攻を始めたんだ。それだけではない。ナポレオンもそうだ」

「ナポレオンがどうかしましたか？」

「ナポレオンもまたロシア進軍に踏み切った……六月二十二日に。一八一二年の六月二十二日といえば、一年で最も昼が長い夏至の翌日だ。ナポレオンは当時としては最大の兵力を動員した。ヒトラーとまったく同じように。奇妙だろう?」

「偶然でしょう」

「きみがどう考えようと、それは自由だ。だが、夏至の翌日、降り注ぐ太陽のパワーが闇のはびこる世界を浄化するという異教的な伝承もある。使命を果たした太陽のパワーは、十二月二十一日の冬至に勝ち誇ったように蘇るのだ。いいか、こんな見方もできるぞ。北欧神話で頭でっかちになっているナチスは、自分たちは光の側の人間だと思いこんでいる。一方で、闇に当たるものは何か? その闇を共産主義者に置き換えてみたらどうだ? ほら、表象を解釈することで、見方ががらりと変わるだろう?」

なぜフレミングがこのミッションに選ばれたのか、ロールはだんだんわかってきた。フレミングもまた、偶然の一致には意味があるとか、象徴に秘められた啓示とか、そういったことに異常に反応するタイプの人間なのだ。

「ヒムラーが重鎮らとともにヴェヴェルスブルク城で冬至と夏至を祝っていることは知っているか?」フレミングが尋ねた。「聖火が焚かれ、それは数キロ先からでも見えるそうだ」

「そうなのかもしれませんが、だとしても……」

ジープは道の混雑を縫うようにして進んだ。遠くにマルタ島の首都ヴァレッタの町の光が見えてきた。

「ナポレオンとヒトラーの因縁はそればかりではない。ヒトラーがソ連に侵攻したのは、ナポレオンのロシア侵攻の百二十九年後だ。この129という数字に、二人の暴君の奇妙な繋がりを見ることができる。ナポレオンが即位したのは一八〇四年で、ヒトラーが首相に指名されたのが一九三三年。つまり、百二十九年後だ。ナポレオンは一八〇九年にオーストリア戦役で勝利し、ヒトラーは一九三八年にオーストリアを併合している。計算してみたまえ……またもや百二十九年後だ」

「戦前、隊長は何をされていたのですか？　運命論者とか？」

「いや、もともと数字の持つ不思議な力には惹かれていたんだ。これも好奇心のなせる業というところかな」

「それで、129という数字には何か意味があるのですか？」

「永遠の繰り返しだよ！　友人の数秘術の専門家に教わったのだ。129はピタゴラス式に計算すると、1＋2＋9、つまり、12になる。12は時間と再生を表す数字だ。時計の針は十二時間後に元の位置に戻り、これが永遠に繰り返される。また、一年は十二か月だ。その象徴性を読み解くと、ヒトラーはナポレオンの生まれ変わりということになる。12という数字が示す象徴的な周期を一巡してきたのだ」

ロールはあきれたように頭を左右に振った。

「ナポレオンをヒトラーと同等に扱うのは、イギリス人のあなたくらいです！　ナポレオンは偉大な征服者であって、極悪人ではありません。ゲシュタポも作らなかったし、反ユダヤ主義でもありませんから」

「いかにもフランス人のきみらしい言い草だ。その征服者はヨーロッパ諸国において戦役による大勢の死者を出したんだぞ。スペイン人、ロシア人、ドイツ人の意見を聞いてみるといい。とはいえ、ナポレオンが黒人奴隷制度を復活させたことについては、こちらもとやかく言えないが。まあ、過去のことはさておき、この数秘術というのは未来の出来事を予測するのに役に立つ。いずれにせよ、きみは祖国フランスを離れ、われわれとともに戦っているわけだからな。ほかに何か知りたいことはないか？　一番気にかかっていることは？」

「ドイツ人を追い出すことです！」

「わたしがやったように数字に当てはめて考えてみたまえ」

「わたしの記憶では、一八一五年、ナポレオンはワーテルローの戦いに敗れ、フランスを去ってセントヘレナ島に流されました。ですから、１２９を足すと……一九四四年ですね」

「一九四四年にドイツ軍はフランスから駆逐されるだろう。しかし、ヒトラーがその年に表舞台から去るということではない」

「あと三年なんて……。数字なんか当てにしないわ！」

「残念だな。革命家についても同じようなことが言えるぞ。いいか、一九二二年、スターリンは党書記長としてレーニンに次ぐ権力を獲得し、恐怖体制を築いていった。一方、百二十九年前の一七九三年、フランスでは、ロベスピエールによって血腥《ちなまぐさ》い恐怖政治が敷かれた。それだけではない。スターリンはロベスピエールの生年の百二十年後に生まれているのだ」

「129じゃないんですね。残念でした」

「完全に同じではないが、120は数秘術においては129と双子のようなものなんだ。12＋0＝12だからね。実は、ヒトラーもナポレオンが生まれた年の百二十年後に生まれている。時間と歴史のループが一巡したのだ」

「無理やり辻褄を合わせようとしていますね。なんだか胡散臭いわ」

「われわれが見ている現実の裏側には、数字の調和が潜んでいる。それは間違いない。諜報活動の世界を例にとっても、すべては数字に帰着する。われわれは暗号を使って交信し、しばしば数字の羅列で示された情報を得る。たとえば、敵の攻撃予定地点の座標、兵站の数量的な情報、作戦の決行日、装甲部隊の番号、戦闘機の速度、工場の生産能力……」

ロールはフレミングをじっと見つめた。どうやらこの男に数字の話をさせたら切りがないようだ。

「もっとも、ドイツ人は早い段階で数の暴力にとり憑かれていた。その錯覚がどんなところにまで及んでいるか、きみは知っているか。自分たちの敵の処刑だよ。移動虐殺部隊《アインザッツグルッペン》という特殊部隊によるユダヤ人の大量虐殺作戦についての報告書がある。それに目を通して、血も凍るような思いがした。彼らは独ソ戦の前線の後方で移動しながら活動している。彼らには自らの活動を正確に数値化することが求められている。つまり、殺害した人数を巧妙にカウントしながら殺戮がおこなわれているのだ」

車は速度を落とし、海沿いの道に入った。

「もうすぐ港に到着する。イタリア野郎の爆撃がなければ、十五分以内に着くだろう」

ロールは目の前に広がる風景に視線を漂わせていた。間もなくこの穏やかな海の中に深く潜っていくことになる。潜水艦に乗ってフランスを脱出したが、今また潜水艦に乗って敵と対決するのだ。

「なぜそこまで数が気になるのですか?」海から目を離さずに、ロールは尋ねた。

「数に限ったことではないさ。敵の思考を攪乱させることができそうなものはなんでも気になる」

四三

一九一九年九月七日
ミュンヘン

これで五台目だ。ヒトラーは窓から兵営の中庭に幌付きトラックが停車するのを見た。こうしてマイヤー大尉の執務室で待つあいだに、すでに四台のトラックが到着していた。そのたびに、同じ光景が繰り返される。兵士が幌をめくり、怒声を上げる。銃床で小突かれながら男女が降りてくる。みな逆らわずに両手を挙げて身を守ろうとする。彼らは共産主義者を疑われ、すでに満員の兵営の地下室でこれから徹底的に尋問されるのだ。

「やあ、伍長」

マイヤー大尉が入ってきた。左目に片眼鏡を嵌め、ブーツはピカピカに磨き上げられている。まさにユンカー(注14)の典型のようなこの貴族将校には、帝国の敗北や凋落の色は微塵も感じられなかった。大尉は窓辺に行くと葉巻に火を点けた。ヒトラーは、煙草への嫌悪感を露わにしないよう努めた。マイヤーは、ミュンヘンで軍の諜報活動をする第四集団司令部《Gruko》を指揮しており、ほんのわずかな抵抗も容赦しないという評判だった。

「四月末に町が陥落してからも、いまだに日に五十人もの逮捕者が出る。ほとんどが密告によるものだ。そのうちのどれくらいが、夫の嫉妬や隣人の妬みの犠牲者だと思うかね？」

「さあ、見当もつきません、大尉」

「われわれの初回の統計では、ほぼ半数だ。だが、あながち悪いことでもないぞ。この無実の者たちは有罪にされるのを恐れるあまり、自らも告発者に転じる。こうして自然と競争が生じるおかげで、あと数週間もすれば、ミュンヘン中の共産主義者を一掃できるだろう」

マイヤーはデスクに座ると、施錠されていた引き出しを開け、赤い紐で結わえたファイルを取り出して〝機密〟の刻印のある封蝋《ふうろう》を剝がした。

「座りたまえ、伍長。これから写真を何枚か見せる。しっかり見てくれ」

一枚目の写真を目にするや、ヒトラーは思わず体を引いた。男が床に倒れている。着ているシャツはボロボロだ。別の人物の手が男の髪を摑み、狩猟の戦利品を掲げるように頭を持ち上げている。気持ちを落ち着かせ、もっとよく見ようと身を乗り出す。すると、はじめはシャツの破れ目に見えた部分が、実は黒い穴だということがわかった。

「ダニエル・フランツ。ルイポルト・ギムナジウム(注15)で処刑された。顔や名前に覚えは？」

「ありません」

すると、大尉は別の写真を机の上に出した。今度は、全裸の男が簡易ベッドの上に寝かされていた。顔は影になって見えないが、乳白色の腕がタイル張りの床にだらりと垂れている。おそらく死体安置所だろう。

「デイク・ヴァルター。その男もルイポルト・ギムナジウムで処刑されている。その手をよく見てくれたまえ」

ヒトラーは写真に目を近づけた。だが、室内で撮られた写真は暗くて不鮮明で、よくわからない。

「印章指輪を回収するため、人差し指が切断されている。切断されたのが、殺害前か殺害後かは不明だ。この男のことは知っているか？」

「いいえ、大尉。しかし、なぜそのようなことをわたしに訊くのですか？」

「それは、きみがこれらの犠牲者たちとすれ違っているからだ。彼らが死ぬ直前にね。これが最後の写真だ。よく見てくれ」

差し出された写真を見て、ヒトラーは顔色を変えた。動揺を隠そうと、慌てて額に落ちた髪を掻き上げる。写真に写っていたのは壁にもたれるようにして倒れている女だった。壁には数発の弾痕が黒いクレーターとなって残っている。女はイブニングドレス姿のまま撃たれており、地面には片方のヒールが転がっていた。女には見覚えがある。〈フィアヤーレスツァイテン〉の〈赤の広間〉で自分に宝石を売ろうとした、あの若い貴婦人だ。

「ハイラ・フォン・ヴェスタープ。同じく、ルイポルト・ギムナジウムにて処刑。三十三歳だ」

　大尉の質問を待たずに、ヒトラーは答えた。

「この女性には、確かに会ったことがあります。四月末、ミュンヘンの中心地にあるホテルで開かれた夜会の際に。先ほどの写真の二人とも、おそらくそのときにすれ違っていたのではないかと思われます」

「そのとおりだ。四月二十六日の夜、〈フィアヤーレスツァイテン〉ホテルで共産主義者に拘束され、その数時間後にルイポルト・ギムナジウムで銃殺された七人がいる。その中に彼らがいたのだ」

「新聞で読みました。軍事介入が始まった直後に、共産主義者によって何名かが処刑されたことは知っていましたが、彼らが〈フィアヤーレスツァイテン〉で拘束されていたとは知りませんでした」

「そのホテルで何をしていた？」マイヤーが尋ねた。「たかだか伍長ごときの身分で出入りするような場所でもあるまい。きみの友人のルドルフ・ヘスにしても、動員解除されたパイロットにすぎない」

「招待されたのです」

「この男にか？」

　差し出された写真を見るまでもなかった。

「はい。フォン・ゼボッテンドルフ男爵です」

「本当は、共産主義者たちが目をつけていたのはこの男だった。拘束し……銃殺しようとしていた。しかし、それが叶わず、悔し紛れにその仲間の七人を捕らえて、撃ち殺したのだ。〝七〟というのは、ひじょうに象徴的な数字だと思わないか?」

「わかりません」

「フォン・ゼボッテンドルフの居場所もわからないというつもりかね?」

ヒトラーは黙りこくった。凍てついた縄で首をぎりぎり締め上げられているような心持ちだった。

「ヒトラー伍長。きみは怪しい。出入りしている場所も怪しげだ……。わたしに何か言うことはないかね?」

「いえ、ありません。大尉」

「立って、窓のそばに行きたまえ」

中庭では、尋問の終わった囚人たちが並んでいた。このあと彼らは移送されるのだ。下士官が一人一人の囚人たちを注意深く観察して指示を出し、それに従って、兵士たちが囚人たちを二つのグループに分けている。

「われわれがどうしてこの銃殺されたトゥーレ協会の会員たちを特定できたかわかるかね? 名簿のおかげだよ。ご丁寧に拘束場所と日付まで書かれていた。共産主義者は官僚主義が大好きだからね。だが、それが間違いのもとなのだ。証拠など残すものではない」

マイヤーは、中庭でトラックに乗りこもうとしている囚人たちのグループを指差した。

「われわれには、名簿というものは存在しない。記録は絶対に残さない」マイヤーは断言した。

「われわれは、相貌《そうぼう》認識能力に優れた者たちの力を借りている。彼らは、尋問中に目星をつけた囚人たちの顔を覚えている。囚人たちを外に出してから、気づかれないように目星をつけた者だけを選り分けて、一つのグループにまとめるのだ」

「どういうことでしょうか」ヒトラーは思い切って尋ねた。

「今、トラックに乗っている者たちは、一時間以内に銃殺される。その死体が発見されることは永久にないだろう」

ヒトラーは緊張気味に口髭を触った。

「ほとんどがよそから来た元兵士だ。家族とは離れ、身近な友人もいない……きみと同じだよ。ヒトラー伍長、最後にもう一度だけ訊く。〈フィアヤーレスツァイテン〉の夜会のことで、何か話しておくことはないか?」

「ありません」

するとマイヤーは上着からスワスティカを取り出して机の上に置き、無造作に指先で回した。

「余計な詮索はするな。ただこれだけ知っておけばよい。フォン・ゼボッテンドルフを通じて、イェルク・ランツとわたしは、目に見えなくとも共通の重要な思想系統で繋がっているのだ」

ヒトラーは茫然として机の上のスワスティカを見つめた。スワスティカはちょうど回転が止まったところだった。

「わたしは、トゥーレ協会創立当時からの会員だ。もし、きみが〈フィアヤーレスツァイテン〉で交わした会話の内容を漏らしていたら、わたしはきみを銃殺していた。わたしの指揮するＧｒｕｋｏの任務については理解しているかね？」

「共産主義者たちの中に潜りこみ、その運動や武闘活動家、指導者らを監視すること……でしょうか」

トラックが発車する音がした。

「そして、鎮圧することだ。しかしながら、われわれの任務は過激思想と戦うことだけにとどまらず、その拡散を未然に防ぐことも要求されている。そのためには、政治をおこなわなければならない。〝予防政治〟を」

ヒトラーは頷いた。ヒトラーは、この春より、部隊の新兵たちのイデオロギー教育を上官から一任されていた。そして、兵士たちの社会問題に対する知識の乏しさに、危機感を募らせていたのだ。

「効果的なプロパガンダ活動が必要だ」マイヤーは続けた。「戦争によって貧困に陥り、敗戦で無気力に沈んだ大衆を振り向かせるのだ」

ヒトラーは無意識に頷き、トラックの走り去る音を追った。囚人たちをあの世へと運んでいくトラック。そして、まさに今、自分は死を免れたところだ。しかし、なぜまた自分はフォン・ゼボッテンドルフと話した内容をマイヤー大尉に報告しなかったのだろう？誠意から？　それとも虚勢を張って？　いや、本能がそうさせたのだ。ウィーンから塹壕へ、パーゼヴァルク病院からミュンヘンへと導いてくれたときのように。

「共産主義を打倒するためには、同じ土壌で勝負しなければならない。社会主義思想という土壌だ。そして、彼らに対抗する政治団体を設立するのだ」マイヤー大尉は明言した。「われわれはターゲットを失業者、元兵士、戦争未亡人に絞り、彼らに希望と尊厳を取り戻させる」

「恐れながら、大尉、共産主義者は、自分たちの思想を広めることについては、われわれよりもはるかに長けています。彼らには、組織化され階層化された党があり、確実な支援体制が整っており、有志の活動家たちがいます」

「われわれには新しい組織を編成する時間も手段もない。ならば、カッコウの戦術を利用するまでだ。カッコウは自分の巣ではなく、ほかの鳥の巣に卵を産む。きみはフェルキッシュ政党を知っているか？」

戦後、ドイツには多数の群小政党が発生した。そのどれもが、国を建て直し、フランスに報復し、そして、何よりも敗戦の責任を負わせるスケープゴートを探そうとしていた。しかし、その大部分は、ある固定観念のもと、幾ばくかの熱狂的な支持者たちが集まった集団に過ぎなかった。中世に遡る神聖ローマ帝国を復活させようとするもの。ドイツ騎士団の再現をもくろむもの。また、今こそカトリック教会を排除して、ゲルマニアの古き神々を崇めるときだ、ラテンアルファベットはバイキングのルーン文字に戻すべきだなどと考えるもの、等々。これらの小集団があまりにも多様性に富んでいたため、これまで、有効かつ確固たる政治勢力が構成されるには至らなかった。

「現在、フェルキッシュ政党は六十三を数える。しかし、この数にしても流動的だ。分裂を繰り返す集団もあれば、数か月後には消えている集団もあるだろう。現段階でそれらは一つのセクトの兆候に過ぎず、はっきりした形をとらない、発展途上の集団ではあるが、少しずつ賛同者を集めつつある。風が立つ。その風をわれわれがドイツ全土に吹かせるのだ」

ヒトラーは考えをめぐらした。フェルキッシュ政党の思想の多くには共感できるものがある。とはいえ、酒場に集まってビールを飲んでは、ただ国家主義のスローガンを連呼する集団には嫌悪感しかない。組織も持たず、体系だった集まりでもなく、資金もない。連中はいつも熱狂している。ビアホールでがなり立て、痩せたユダヤ人に束になって殴りかかるしか能がない。そんな狂信者たちに、マイヤー大尉はなぜ関心を寄せるのだろう。

「それらの集団をまとめることで、政治的影響力を持たせ、メディアの注目を得られるようにするのだ。集団の数が最も多い、このミュンヘンで実行する必要がある」

ヒトラーはあえて懸念を口にした。

「しかし、ご存じのとおり、フェルキッシュ政党の多くは教養もなく、なんの政治構想も持っていま……」

「口を慎め。美術を学んできたことがそんなに偉いのか。マメのできたカチカチの手より、絵筆を握る手のほうが優れているとでも思っているのかね」

不意に発作のように手が震えた。なんとか抑えようと、ヒトラーは両手を背中の後ろで組んだ。若い頃のことを引き合いに出されることほど、神経を逆撫でするものはない。

「きみが軽蔑しているその人々は、歴史の流れを変える梃子《てこ》となる。ただし、この梃子は誰かが動かしてやらねばならん」

「どのように？」

「大衆は一つの肉体である。もはや意を示すこともままならず、苦しんでいる肉体だ。肉体は声を必要としている。われわれは、その声を肉体に与えてやるのだ」

「声ですか？」

「そうだ、きみの声だ」

ヒトラーは驚きのあまり言葉を失った。すると、マイヤーが説明を始めた。

「かなり前から、われわれはきみのことを追い続けてきた。ウィーンでランツがきみに目をつけたのだ。そのとき、すでにきみは欲求不満を内に秘め、理不尽な怒りを溜めこんでいた。それはまさしく、今、全ドイツが抱えているものだ」

「だから、わたしはハイリゲンクロイツ修道院に連れていかれたのですか？　でも、ランツさんはなぜあの儀式にわたしを立ち会わせたのでしょう？」

「それは、声だけでは民衆を立ち上がらせることはできないからだ。磁石のような吸引力を持つ強力なシンボルが必要となる。それゆえ、ランツはきみにスワスティカの存在を明かしたのだ」

ヒトラーは、これまでの人生においてこのシンボルが何度登場したか、思い返してみた。パーゼヴァルク病院で共産主義の革命家と対決したとき。ミュンヘンでフォン・ゼボッテンドルフと会ったとき。そして今。

「しかし、欲求不満や怒りは、強力なシンボルと結びついたとしても、群衆を煽動するには十分ではない。民衆の代弁者になろうとする人間は、いくつかの苛酷な試練を乗り越えなくてはならない」

「戦争……」ヒトラーは呟いた。

「ああ。塹壕は、錬金術の坩堝《るつぼ》のようなものだ。そこで死ぬか、運命に耐えうるくらいに精錬されて生還するか」

「あるいは失明するか」

「光はいつも闇の奥に隠れているものだ」マイヤーは答えた。「きみはそれを見つけられたか？」

ヒトラーはためらった。視力を取り戻してからというもの、自分が何か偉大なことを成し遂げられそうな気がしていた。それは確信に近い。だが、待ったをかける声が聞こえてくる。自分に自信がないわけではない。他者が信用できないのだ。ランツとオカルトめいた儀式、フォン・ゼボッテンドルフと秘密結社、マイヤーと諜報機関。それらのどれに対しても、持ち前の猜疑心が「こいつは怪しい」と反応する。結局、自分は単なる道具に過ぎないのではないか、操られているだけではないのか。心の奥の不安が拭いきれない。

戦争が錬金術の坩堝だとしても、ヒトラーの妄想性障害はまったく浄化されていない。むしろその逆だった。

ヒトラーはマイヤーをじっと見据えた。この男は自分を必要としている。間違いない。それだけは事実だ。ならばゲームに加わろう。ルールさえ理解してしまえば、誰も自分の未来に口出ししなくなるだろう。

「何をすればいいのですか？」

マイヤーはビラの束をヒトラーの前に置いた。

「ここにフェルキッシュ政党の名前が載っている。この中から選んでもらいたい。〈ゲルマンの指環〉〈ヴォータンの鉄槌〉〈銀の盾〉……いろいろあるが、どちらかと言えば、この〈ドイツ労働者党〉あたりがいいのではないかと思う。トゥーレ協会の一派が設立した政党だ」

「〈ドイツ労働者党〉ですか？　ぱっとしない名前ですね」

「確かにそうだ。プロレタリアートに訴えかけるのであれば、彼らと同じ言葉を話すべきだな。〈ドイツ社会主義党〉とすれば、だいぶ聞こえがいいが」

「敗戦で貧困と絶望に追いやられた大勢の失業者や元兵士に訴えるなら、〝国家〟という言葉が最も重要になると思います」

マイヤーは〈ドイツ労働者党〉のビラをよこした。

「よし、きみから彼らに説明したまえ。五日後の九月十二日に、彼らはビアホール〈シュテルネッカーブロイ〉で集会をおこなう。そこで、きみの運命が待っている」

四四

一九四一年十二月
ヴェネツィア

着陸した軍用飛行場のすぐそばまで潟《ラグーナ》が迫っていた。ベルリンにすぐに引き返すことになっているため、二人のパイロットは機体の周りで忙しく立ち働いている。滑走路のそばでは、トリスタンとエリカの警護につくためドイツ国防軍《ヴェアマハト》から派遣された部隊が乗船命令を待っていた。辺りは闇に沈んでいたが、トリスタンはラグーナを走る澪《みお》が見えてこないか目を凝らした。陸とも海ともつかない凹地《おうち》が迷路をなし、晴朗きわまるヴェネツィアを守るように取り囲んでいる。

「一時間後にはヴェネツィアに到着する」エリカが言った。「町の文化遺産管理責任者にあらかじめ連絡を入れておいたわ。着いたらすぐにブラガディン邸に案内してもらうよう、船着場に待たせているから」

「ホテルで一休みしなくていいのか?」トリスタンは驚いた。

「明日フューラーが来るのよ」

トリスタンはそれ以上の説明を求めなかった。誰にも先んじてフューラーの望みを叶えたい。ヒムラー長官ならそう思っているはずだ。

ヘルメットにブーツで身を固めた兵士たちが次々と船に乗りこんでくる。

エリカは苛立ちを隠せなかった。クレタ島で相次いで兵士が殺害されたのを目の当たりにしてからは、兵士の存在は大事な場面で事態を悪化させるだけだと思っている。

「船を降りたら、あの無能な連中を追い払ってやる」

トリスタンは黙っていた。思い詰めているのか、エリカの口数が次第に減っている。何か呟くにしても、きまって機嫌の悪いときだった。確かに、相当なプレッシャーを感じているに違いない。それでも、いつもなら高飛車に、そしてユーモアを交えて切り返してくるのだが、今度ばかりは様子が変だ。トリスタンはエリカのこの変調に不安を覚えた。エリカの肩に手を掛け、そっと引き寄せてみる。エリカはおとなしく抱かれていたが、愛情を示すような反応はかけらもない。トリスタンに横顔を向けたまま、じっと船の舳先《へさき》を見つめている。船は両脇に杭が並ぶ幅の広い澪筋に入っていく。杭の上でカモメが鋭い鳴き声を上げている。はるか前方に、希望を持たせるように青白い光が煌めいている。間もなく夜の海面にヴェネツィアの町が姿を見せるはずだ。

ひんやりとした風がオスペダーレ地区の埠頭沿いを吹き抜けていく。静寂がドージェの都市を包みこんでいた。正面に霧の経帷子をまとったような墓地の島、サン・ミケーレ島の横に長いシルエットがかろうじて認められる。埠頭から木の浮桟橋が突き出しており、そこに出迎えのヴェネツィア人数人が立っていた。闇の中からイタリア王立海軍《レージャ・マリーナ》を装った哨戒艇が現れると、ヴェネツィア人たちは啞然とした。船が着岸し、中からドイツ兵の一団がばらばらと降りてくる。兵士たちは乱暴にヴェネツィア人を押しのけ、瞬く間に桟橋の両端に整列して警護についた。

トリスタンとエリカは船を降りると、兵士の列のあいだを足早に渡った。足もとを二匹のネズミがすり抜け、路地の闇の中へと走り去っていく。

「まったくきみたちドイツ人の感覚には恐れ入るばかりだよ。ロマンを解する心もなければ、慎みというものも知らない」トリスタンは嘆息した。「これで吹奏楽団のお迎えでもあれば文句なしだったんだろうね。俺としては、ロマンチックな情緒を味わいながら町なかを散策したり、ゴンドラに乗ったりするつもりでいたんだが……」

「そんな悠長なことを言っている暇はないわよ。フューラーが到着するまでに何がなんでもスワスティカを探し出さなければいけない。あそこにいるのが案内人のようね」

黒いシャツに黒いコートを着た小柄な男が、向かいの路地の入口で大きく手を振っている。男はランタンを手にした助手を伴い、小走りで近づいてきた。

「マッテオ・デオナッツォと申します。ファシスト党ヴェネツィア文化財建造物保存協議会の代表をしております。夜の遅い時刻ではありますが、偉大なるドイツ帝国の著名な考古学者のお一人にお目にかかれるとは光栄至極に存じます」

デオナッツォは屈んでエリカの手の甲に形だけのキスをしてから、トリスタンと熱烈な握手を交わした。

「パラッツォ・ブラガディン《ブラガディン邸》はここから歩いて数分です。ご案内いたします」

派遣隊の隊長が兵士らに合図を送ると、エリカが首を横に振った。

「わたしたちだけで大丈夫です、中尉。ここにいてください。必要があれば、連絡しますから」

「しかし、博士、これは上からの命令です」

「それなら、改めてわたしから命令します。下見に行くだけよ。ここは保安地区です。どの街角にも警官が立っているはず」

「御意」自信に満ちた物言いに気圧されたか、中尉はおとなしく引き下がった。

トリスタンとエリカは案内役について、両脇を高い壁に挟まれた路地に入っていった。壁の煉瓦は湿気に浸食されている。トリスタンは信じられない思いでいた。ヴェネツィアにはあっという間に着いてしまった。テンペルホーフ空港を出発してから四時間もかかっていない。それというのも、ヒムラーがお抱えの飛行隊の中でも最速のメッサーシュミットの輸送機を回してくれたからだ。そう、これまでにないくらい、ヒムラーはエリカとトリスタンに期待を寄せている。フューラーからの信頼を再び自分に向けるためだ。前もってムッソリーニとの会談について知らされなかったことが、よほどこたえたに違いない。ヒムラーとしてはここで評価を上げておきたいところだろう。是が非でも……。ならば、いったい――トリスタンは疑問に思った。いったい連合国側は、ヒトラーの側近のあいだで繰り返される泥仕合について、どこまで把握しているのだろうか。フューラーのお気に入りという立場を守るためなら何事も辞さない覚悟のゲーリング、自分の妻を駆け引きに使うゲッベルス、全ドイツに親衛隊の害毒をはびこらせつつあるヒムラー。後継争いはもう始まっている。

「つくづく感服しております」デオナッツォが言った。「到着早々、仕事に取りかかられるとは。しかも、真夜中ですのに！」

「ドイツ帝国は休むことなく動いていますから」エリカが応じた。「目標はまだ先でしょうか？」

「あと数百メートルほどです。ですが、ほかのパラッツォはご覧にならなくてよろしいのですか？　この地区には、かなり昔に建造された豪華な邸館が数多くあります。もちろん、所有者を起こすことになりますが……」

「いえ、ブラガディン邸だけで結構です」エリカは断った。

一行は右に曲がり、カステッロ地区に入る広い街路を進んだ。奥に行くにつれ、ブーツの足音だけが響くようになった。路上には人気《ひとけ》がない。商店も固く戸を閉ざしている。どうやら久しく営業していないらしい。その中で一軒だけ閉め切っていない戸口からうっすらと明かりが漏れてくる店があった。

「まったく、見つかったら罰金ものですよ」デオナッツォがため息をついた。「まあ、ヴェネツィア人に寄るな、騒ぐなと言うほうが無理な話ですがね。特にドイツの総統が来訪されるというニュースで持ち切りの今は。サンタ・ルチア駅は全面立ち入り禁止で厳戒態勢に入っていますからね。ホームでドゥーチェが直々にフューラーをお迎えするそうで……」

あった。ここに違いない。

トリスタンは足を止めた。邸館の入口が見える。石造りのポーチの重厚な扉は閉ざされていた。ペディメントには人物の顔が浮き彫りにされたメダイヨン(注16)の装飾が施されている。

「ヴェネツィアの歴史が誇る建造物は数多ありますが、そのうちの一つ、パラッツォ・ブラガディンです」デオナッツォが紹介を始める。「こちらは……」

「歴史の講釈はのちほど伺います」エリカが遮った。「ここには人が住んでいますか?」

「こちらはちょうど特殊な例にあたるのですが、なんとド・モンロン家というフランスの一族が所有しているのです。もちろん一族がここに住んでいるわけではありませんが」

妙だと思ってトリスタンは質問をしようとしたが、エリカの顔を見て言葉を引っこめた。エリカが再び苛ついている。その様子にデオナッツォも恐れをなしたか、急いで呼び鈴を鳴らした。

「管理人には前もって連絡を入れておきました。合鍵を預かっていると言っていましたから、すっかり支度して、屋敷中の明かりを点けて待っていることでしょう」

ゆっくりと両開きの扉の片側が開き、白髪交じりの髭を生やしたイタリア人の男が眠そうな顔を覗かせた。その背後には思いがけず奥行きのある庭が広がっている。植木はもう何年も手入れをしていないらしく、建物の高さまで達し、梢は闇に紛れてしまってわからない。巨大な鉄格子の門の先の世界は、見えはしなくても相当奥深くまで続いていそうだ。門の真上では鎧戸がバタバタ鳴っていて、窓の向こうに明々とロウソクが点っているのが見える。トリスタンは、二度と現在に戻れない過去に分け入っていくような気がした。

「こちらがパラッツォ・ブラガディンです」

四五

一九四一年十二月
アドリア海
ヴェネツィア沖

潜水艦〈HMSトライアンフ〉のディーゼルエンジンが低速で稼動している。鋼の怪物は暗く穏やかな海面に静かに浮いていた。聞こえてくるのは、その鋼鉄の巨体にひたひたと打ちつけるさざ波の音だけだ。艦橋でフレミングは大好きな煙草の代わりに潮風を深々と吸いこんだ。エンジンオイルや排気ガスの臭気を吸ってしまった肺も、これできれいになったのではないだろうか。だが、煙草に火を点けることができないのが辛いところだ。ほんのわずかな光を漏らすことも許されない。トライアンフの艦長命令だ。その艦長は隣で双眼鏡を覗きこんで海岸を探っている。

予定より二時間早い到着だった。現在、ヴェネツィアの南東沖、潟《ラグーナ》の入口から約十六キロの辺りにいる。速度を上げるのと、バッテリーに充電するために、艦長が夜の闇に紛れて艦を浮上させ、水上航行してきたおかげだ。潜水艦はブリンディジ沖で、リビアに向かうイタリアの艦隊が接近してきた際に一度海に潜っただけで無事にアドリア海を北上した。

足もとを見下ろすと、デッキの中央にロールが新しいメンバー三人とともに座っている。三人はイタリア空軍の攻撃で犠牲になった隊員の後任で、エジプト駐留軍に合流するはずだったＳＡＳ《特殊空挺部隊》の精鋭たちだ。フレミングはミッションの概要は説明したが、最終的な目的には触れないでおいた。

メンバーは全員漁師に扮していた。フレミングも灰色の防水ズボン、厚手のウールのセーターに紺色の帽子という出で立ちである。三艘のボートがトライアンフに横づけされており、特殊部隊の装備品が慎重に最後の一艘に積みこまれた。

突然、艦長が体を緊張させて潟《ラグーナ》のほうを指さした。暗闇の中で光がチカチカしている。光は短く点滅を繰り返し、次いで点滅周期が長くなる。

「十一時の方向だ」艦長が言う。

ただちに部下の士官がモールス信号を解読し、小声で読み上げた。

「ドージェは館で眠れり。以上！」

艦長は双眼鏡から目を離し、信号灯の前で構える乗員の肩に手を置いた。

「取り決めどおり信号を送れ。ドージェの子ら、帰還す」

乗員は言われたとおりに艦橋から光を明滅させた。艦長がフレミングのほうを向いて言う。

「イタリアの仲間の船がランデブーポイントまで来ている。隊員たちと下船の準備をするように」

「悪くとらないでいただきたいが、下船できるかと思うとほっとしますよ。もう一分だって缶詰め状態になるのは無理です。おまけに煙草も吸えないなんて、気がどうかなりそうでした」

「たかが二十四時間ぐらいで、大袈裟な……。では、四日後に迎えに来る。ヴェネツィアには常々妻と訪れたいものだと思っていたが、きみたちを羨ましいとは思わない。今やカップルよりも警官やファシストのほうが多いからな。成功を祈る」

「ありがとうございます。奥さまにはお土産を持ってまいります」

フレミングは足早にデッキに降り、ボートに乗りこんだ。足を踏み入れたとたん、重みでボートがぐらりと揺れる。

「ヴェネツィアには潜水艦で直接乗りつけることはできないのですか？」後ろからフレミングを支えながらロールが訊いた。

「もちろん、できないわけではない。だが、確実に海底で最期を迎えることになるな。われわれのミッションは魚とのおしゃべりで幕引きだぞ。そのすぐ北にはトリエステの軍港も控えている。ヴェネツィアにはイタリア海軍の基地がある。イタリアでも戦略上重要な拠点の一つだ。だからこの辺りは機雷も多いし、哨戒中の武装ボートがうようよしている」

すると、低いエンジン音が海面を伝ってきて、闇の中からいきなり漁船が現れた。大型の漁船で、舳先に赤褐色のアームが高々と突き出ている。この辺りで操業しているトロール船によくあるタイプだ。

特殊部隊のメンバーたちは短いオールを取り出し、冷たい海を漕ぎだした。そして、十分ほどかけて漁船の横に着け、乗組員の手を借りて乗船した。色褪せたキャスケットを被った六十がらみの小柄な男が前に立った。男は船長を名乗ってフレミングに挨拶し、ロールにちらっと視線を走らせ驚いたような表情を見せた。

「ヴェネツィアにようこそ」船長の話す言葉には強いイタリア語訛りがあった。「俺の名前は言わないでおく。ファシストがあんたたちを捕まえて吐かせたら、まずいからな」

「それはお互いさまです」

「船倉に案内するよ。魚臭くてすまんな、シニョリーナ」

船長は隊員たちのなりを見て、そのうちの二人の帽子を手早く斜めに傾けてやった。

「こうしたほうが少しはましだ。だが、本物の漁師に見えるかっていうと、怪しいもんだ。この辺じゃそういうズボンやセーターは着ないからな。たった今、洋服屋から出てきましたって恰好だぞ」

「英語が堪能でいらっしゃるようですが、その……」フレミングが言いかけた。

「一介のヴェネツィアの漁師にしては達者か？　ふん、大きなお世話《サングェ・ディ・バッコ》だ！　あははは。俺は塩漬け魚の輸出もやっていてね、戦前はイギリスとも多くの取引があったのさ。さあ、中に入った、入った。同志よ、いざ進め《アヴァンティ・ポポロ》(注17)」

ロールとフレミングは船長のあとについて操舵室に入った。船長は舵輪を握り、発信機のレバーを左に回した。エンジンがかかると船体が振動し、操舵室にきつい軽油の臭いが広がった。発進した勢いで二人は後ろによろけそうになり、それを見て船長がからかうように言った。

「〈イソッタ・フラスキーニ〉のエンジンだ。こいつを載っけていれば、まず世界のどこへでも行けるだろうね」

「下船はヴェネツィアのどの辺りになりますか?」

船長は頭を横に振った。

「予定変更だ。ヒトラーとムッソリーニがやって来るっていうんで、海軍当局は警備を倍に増やしている。どの船も接岸前に徹底的に調べられる。そんなわけで、潟《ラグーナ》の中のある島に船を着けることになった。まあ、行かずに済むなら、行きたくはなかったんだがね」

船長は床にペッと唾を吐き、イタリア語でぶつぶつ言った。

「なんだか雲行きが怪しいですね」ロールが囁いた。

「詳しく説明していただけますか、船長」フレミングは訊いた。

「われわれはポヴェーリア島に向かう。ヴェネツィアの人間から忌み嫌われている場所だ。島は中世にペストの検疫所として使われ、それから刑務所になり、今は精神病院が建っている。死んだ患者の亡霊が永遠に島をさまよっているという噂もある」

「すばらしい。それで、島に着いたらどうすればいいのですか？」

「ファシストや憲兵がポヴェーリアに足を踏み入れることはない。島の病院の院長はわれわれのシンパだ。院長が、あんたたちをうまいことヴェネツィアに潜りこませる方法を考えてくれた」

「どんな方法ですか？」

船長は真顔でゆっくりと言い聞かせるように言った。

「あんたたちには死んでもらう」

四六

一九三三年八月三十日
ニュルンベルク

雲の層を鋭く切り裂き、飛行機は光の海に飛びこんだ。ゲーリングは、そのずんぐりした指でユンカースの翼を示した。金色の液体のように太陽の光が翼を濡らしている。ヒトラーは一瞬窓の外を覗いてから、座席の薄暗がりに身を落ち着けた。光が苦手なのだ。それから、手帳を持って控えている秘書に手で合図した。

「メモ。ヒトラー青少年団《ヒトラーユーゲント》の指導者に向けて。団員たちをむやみに日光に晒さないこと。健康に有害である」

まったくそのとおりだ。通路を隔てた席で、ヘスは頷いた。いつもながら、フューラーの言うことには一理ある。新生ドイツを担う人材は守ってやらねばならない。真正のナチ党員には、模範的な生活を送る義務がある。飲み物は水だけで、煙草も吸わず、菜食主義を貫くフューラーのように。間違えても、あの〈巨大豚〉のようになってはいけない。葉巻臭い息をして、腹の突き出たゲーリングのようには。

「メモ。本日の予定について。ニュルンベルク到着後、一時間だけ空けておいてくれ。ヒムラーに会いに行く」

「しかしながら閣下」

ゲッベルスの心配そうな声が機内に響いた。機体後部に座り、ナチ党大会を締めくくるヒトラーの演説の原稿を書いているところだ。一月にヒトラーが首相に選出されて以来、今回が初の党大会となる。

「このあと党の地元指導者との会合に続き、市長との面会も控えておりますが……」

「心配するな、ヨーゼフ。ただ時間をずらすだけだ。マグダはもうニュルンベルクに着いているのだろう?」

「はい。女性党員の会の準備をしています」

「ああ、ヨーゼフ！　きみはすばらしい妻に恵まれたな！」

ゲッベルスは作り笑いをした。マグダとは、三日前にベルリンの自宅でやり合ったばかりだ。口論にとどまらず、花瓶や皿も飛び交った。その〝すばらしい妻〟は、第三帝国の栄光を称えるプロパガンダ映画の出演交渉で、夫が若い女優のもとへ足繁く通うことに猛反対しているのだ。

「ニュルンベルクへ向けて、間もなく降下します」ゲーリングが言った。「左手に町が見えてまいります。操縦士には低い高度を保つよう指示してあります」

ヒトラーは答えなかった。座席に身を埋め、徐々に形をなしてくる都市を見つめる。周辺部に続き、入り組んだ路地や古い館のある中世の町並みが現れる。ナチスの巨大な垂れ幕が大聖堂の二本の塔から前庭まですっぽりと覆い尽くしている。今や教会でさえも、ナチズムの優位性を認めているのだ。ヒトラーは勝利を噛みしめた。たった数年で、自分はこのフラワーホールにつけた鉤十字を全ドイツのシンボルとすることに成功したのだ。

操縦士は降下を続けた。並木道では、党員がパレードの練習をしている。明日のパレードには、全国各地から数十万人の党員たちが権力掌握を祝うために集結する。ドイツとヒトラーは運命共同体となったのだ。

ヘスは横からフューラーを見つめていた。十五年前にミュンヘンで出会った無名の男が、今日、ドイツ中から称賛される指導者になるなど、いったい誰が予想できただろう。降って湧いたような僥倖《ぎょうこう》である。

「ルドルフ！　こちらへ」

「はい、閣下」

ヘスは、ゲッベルスとゲーリングの探るような視線を感じながら、ヒトラーの隣に座った。

「ルドルフ、きみは過去について考えることがあるか？」

「ええ、今もミュンヘンのことを思い出していたところです。閣下にはじめてお会いした場所です」

ヘスが昔話を始めても、ヒトラーは何の反応も見せなかった。もちろんミュンヘンのことは覚えている。内戦も、貧困も、それ以外のことも。今、ニュルンベルクでは支持者たちが自分を喝采で迎える準備をしている。それを眼下に見ながら、ウィーンでの困難な時代からベルリンの首相官邸に至るまでにたどった道のりについて、思いを馳せてもいいのかもしれない。だが、もう過去は振り返らないことにしたのだ。今は道の到達点だけが見たい。たとえば、それは窓の下に現れた巨大な広場のようなものだ。党が自らの勝利を祝おうとしている場所――〈ニュルンベルク党大会地区〉。

「トゥーレ協会はどうなった？」ヒトラーは尋ねた。

「もうなくなりました。会員たちも四散しています」

「フォン・ゼボッテンドルフは？」

「彼は長くトルコで暮らしていましたから、最終的にはそちらに帰るでしょう」

ヒトラーはヘスの手を軽く叩いた。それ以上言葉を交わさずとも、二人は完全に意思の疎通ができていた。あとはヒムラーに任せておけばよい。

足もとで、機体から降着装置が降りる鈍い衝撃が響いた。

「閣下……」ゲーリングが声をかけた。

「わかっている、ヘルマン。到着だな」

沿道には、たくさんの群衆が詰めかけ、黒い制服のSS隊員が警備する規制線からはみ出さんばかりだ。パレード用のメルセデスの上で、ヒトラーが手を挙げて敬礼するたびに、大きな歓声が沸き起こる。メルセデスの運転手は、ヒトラーからの合図を見逃すまいと右のフェンダーミラーをひっきりなしに気にしていた。敬礼後、手がベルトの上に置かれたら、車を減速させなければならないのだ。すぐにそのときはやってきた。一人の母親が子どもを高々と抱え上げている。子どもの小さな手には花束が握られていた。運転手が車を停める。ヒトラーは護衛の者を押しのけ、群衆までの数メートルの距離を一人で横切った。後続車のカメラは決定的瞬間を逃さなかった。子どもを腕に抱くヒトラー。子どもの頰にキスをするヒトラー。涙にむせぶ母親を抱きしめるヒトラー。それらの写真は、瞬く間にドイツ中を駆けめぐることになるのだ。

町の中心に近づくにつれ、群衆の数はどんどん膨れ上がっていく。ヒトラーは腰を下ろすと、通りのあちこちに向かって型どおりに腕を上げるだけにした。体力を温存するためだ。その傍らで、ヘスが勢いを増す群衆の大歓声に酔っている。

「あの熱狂ぶりは、閣下、あの熱狂ぶりは、なんともはや！　民衆に魔法がかかったかのようではありませんか！」

メルセデスは市庁舎の前で停車した。何時間も前からその場で待っていた役人たちに短い挨拶を済ませると、ヒトラーはそそくさと警備兵が取り囲む建物の中に入っていった。

「ヒムラーは来ているか？」

SS将校が急いでヒムラーに知らせに行く。ヒトラーが広間に籠ろうとすると、ゲッベルスが制した。

「閣下、バルコニーにお立ちください。外国の記者たちが到着しております。閣下のお姿を前に市民が狂喜乱舞する様子はぜひとも見せておきたいところであります。これはひじょうに重要なことです」

ヒトラーは言われるがままに窓の前に行った。ゲッベルスはどうしようもない女たらしで、亭主としてはダメ男だ。だが、ヒトラーの名をドイツ中に知らしめたのは、ほかでもない、このゲッベルスなのだ。ゲッベルスは、プロパガンダを絶対的な美学へと変えたのである。

バルコニーには太陽の光が降り注いでいた。目が眩んで何も見えなかったが、自分の名前を連呼する群衆の声ははっきりと届いている。ヒトラーは制帽を取ると、笑顔で手を振った。見えないことは苦にならなかった。パーゼヴァルクで慣れている。それどころか、人々の熱意がより強くより間近に感じとれた。その熱意からヒトラーはいつもあふれんばかりの活力をもらっているのだ。

「閣下、もう少し左をお向きください。そちらのほうに記者たちが集まっておりますので」

窓が閉められるとすぐに、ヒトラーはヒムラーの待つ広間へと急いだ。

広間では、ヒムラーが熱心にファイルに目を通していた。ヒトラーが入ってくると、ヒムラーは立ち上がった。

「座ってくれたまえ、ハインリッヒ」

ヒムラーはファイルを閉じ、それをヒトラーに差し出した。

「閣下にぜひ聞いていただきたい計画がございます。ご存じのとおり、われわれは学究界から陰で嫌われております」

ヒトラーは肩をすくめた。

「まったく、思考の停止した者どもが！　紙喰い虫の頭でっかちめ！　連中の馬鹿さ加減がドイツの民を骨抜きにし、若者を腐敗させているのだ！」

「だからこそ、われわれの大義に則った新しい学術研究機関を起ち上げたいのです」

「それはどのようなものなのか？」

「マルクス主義や民主主義の思想に感化されていない人間を採用するつもりです。そして、彼らにある使命を託すのです。それは、ゲルマン民族の優位性を全世界に証明することです」

「その研究機関の名称は、もう考えてあるのかね？」

「先人の遺産《アーネンエルベ》です。われわれの優位性を示すためには、時代を超えてわれわれの血統を探し出し、それを証明しなければなりません。それには考古学者、民族学者、人類学者らが必要になります……」

ヒトラーは諸手を挙げて賛同した。

「よし、許可しよう、ハインリッヒ。ＳＳの予算を使って人材の募集を始めるといい。ところで、統率を任せられそうな人間はいるのか？」

「候補者のリストをお渡しいたしますので……」

「いや、これはと思う人物がいるのだ」

メタルフレームの丸眼鏡の奥で、ヒムラーはわずかに驚きの色を見せた。ヒトラーが誰かを推薦するなど、まずないことだ。

「ヴァイストルト。カール・ヴァイストルトだ」

ヒムラーがまったく聞いたことのない名前だった。ヒムラーはさっそく調べさせることにした。昨年ＳＳ情報部の長官に任命されたハイドリヒに、最優先で取りかかってもらうつもりだ。

「ありがとうございます。閣下のご推薦とあれば、間違いありません」

すると、ヒトラーはヒムラーの胸の内を見透かしたかのように尋ねた。

「ときに、きみの情報部だが、オーストリアにも情報網があるのか？」

「もちろんでございます。オーストリアには、われわれの大義に賛同する支持者が数多くおりますので。言うまでもありませんが、高官たちもこちらに情報を流しています」

「イェルク・ランツという人物を探してほしい。元修道士だ」

そのとき、控えめにドアをノックする音が聞こえた。続いてゲッベルスの声がする。

「閣下、何万という同志があなたを待っております。どこからともなく続々と押し寄せてきて、もはや収拾がつかない状態です。このままですと、町は人の波に呑みこまれてしまうでしょう」

ヒトラーは立ち上がった。すぐにヒムラーも続いた。

「その男を見つけ次第、すぐにご報告いたします」

「知らせなくともよい。彼が修道院に戻るよう取り計らってくれ。そして、二度と出てこられないようにしてほしい」

四七

一九四一年十二月
ヴェネツィア
ポヴェーリア島

船は波止場代わりの人工の狭い水路に慎重に繋がれた。十八世紀に建てられた横長の質素な建物のどっしりとしたファサードが間近まで迫っていた。周囲の壁は崩れかけ、キヅタがもつれ合うように這っている。その後ろの敷地内には、さらに古い時代のものと思われる鐘楼の尖塔が望めた。

ロールとフレミングは、キャンバス地の背嚢《はいのう》を持ったSASの三人のあとに続いて船から降りた。船長が先導し、建物沿いの砂利道を進む。

「急ごう。ここはのんびり歩くような場所じゃない」

「でも、この島は安全圏なんですよね」

「ああ。だが、ここの入院患者とは知りあいじゃない」船長が建物を指さして言った。

ロールは建物を見上げた。二階に長い白髪の女の姿があった。白い服の中で体を泳がせているように見える。女はじっとロールを見つめ、窓に何か絵を描いた。その両目は瞼がないかのように大きく見開かれたままだ。ロールは袖を引っ張ってフレミングに知らせようとしたが、フレミングが見たときには、女は消えていた。

「幽霊でも見たか?」フレミングがからかった。

「変ですね。こちらの患者さんじゃないかと思うんですけど。そう言えば、船長がわたしたちには死んでもらうって言っていましたけど、どういう意味なんでしょうか?」

「さあな。ヴェネツィア流のユーモアか何かじゃないか?」

「中世にペストがはやったときに、この島に隔離施設が作られて患者はみなここに送りこまれてきた」船長が足早に歩きながら説明をした。「その後、施設は精神病院に改造された。ここには十六万近い死体が埋められている。全員ペストで死んだ者たちだ。あんたたちはその死体の上を歩いているというわけだ」

不意に、頭上で長く尾を引く叫び声がした。上の階の窓の鎧戸が半ば開いていて、声はその奥から聞こえてきたようだ。

「凄まじい声だな。まるで誰かが殺されているようだ」さすがのフレミングも不安げな声を漏らす。

「おいおい……あれはいったい何なんですか?」船長の話に警戒感を強めたか、ＳＡＳの一人が言った。

船長は鉄の扉の前で止まった。身の毛のよだつような音を立てて扉が開くと、船長は全員中に入るよう合図した。

「気にするな。ジャンバッロ先生の患者だ。さ、早く中に入ってくれ」

隊員たちは疑わしげな視線を交わした。

「隊長、わざわざこの中に入る必要があるのでしょうか」一人が文句を垂れる。

「さあ、行くぞ。普通の精神病院じゃないか。子どもみたいに駄々をこねているんじゃないぞ」

フレミングが最初に中に入り、ロールが続く。ロールはためらう三人を冷ややかに見て言った。

「中に入るのが嫌なら、魚を洗う漁師さんの手伝いでもしていたら？　少なくとも何かのお役には立てるでしょう」

三人はぶつぶつ言いながら、薄暗い廊下に足を踏み入れた。

やがて一行は白い漆喰壁の部屋に着いた。物置として使われているらしく、壁にたくさんの板が渡されている。唯一の飾りといえるのが、悲しげな目の聖母マリアを描いた暗い色調の絵だった。隊員らが床に背嚢を置くと、半開きになっているドアから声がした。

「荷物は降ろさないでください。あまり時間がありません」

部屋に白衣を着た男が入ってきた。顔色が悪く、小さな丸い眼鏡の奥の目は腫れぼったい。男は息をぜいぜいさせていたが、船長と力強い抱擁を交わし、フレミングに挨拶した。

「医師のジャンニ・ジャンバッロ、サンタ・マリア・ディ・ポヴェーリア病院の院長をしています。ろくにもてなしもせず、申し訳ありませんが、ここをトランジットに使うのはあなたがたくらいなものですから」

再び叫び声がして、医師の話を遮った。ジャンバッロは当たり前のことのように微笑みを浮かべた。

「ここではどんな人が治療を受けているのですか？」ロールが尋ねた。

「心を病んでいる人……そして、社会から疎外されている人たちです。ファシズムは心身ともに健康なイタリア人だけに寛容です。反社会的、非生産的という烙印を押された行動は、今や精神異常と見なされるようになってしまいました。異常者扱いをされた人たちがここに送られてきます。一時期、ドゥーチェの元愛人がここにいたこともあります。魅力的なかたですが、やや取り乱していらっしゃいました……」

「わかる気がします……。ムッソリーニみたいな男と寝るなんて、嫌だったでしょうね。限界まで我慢していたんじゃないかしら」ロールは嫌味を言った。

「いずれにせよ、ご協力を感謝します」フレミングが言った。

「こちらこそお役に立てて嬉しい限りです。この国の体制や政治は、それこそ心神喪失状態にあります。イタリアは芸術や文化や美の国です。それが、こんな情けない状況に陥ってしまうとは。この状況を憂えているイタリア人は大勢います。のちほど、われわれの組織のリーダーと会っていただくことになりますが、彼は得がたい人物です。彼がいたから、わたしは反ファシストの運動に参加しようと思えたのです。では、一緒に来ていただけますか」

ジャンバッロが部屋を出ると、一行もそれに続いた。廊下を進むと、先ほどの部屋に劣らず真っ白な壁の礼拝堂に出た。祭壇の前に、五つの棺が架台に載って並んでいる。ジャンバッロは両腕を広げてみせた。

「大きなサイズを用意しました。これでしたら、中でもそれほど窮屈な思いはしないでしょう」

すかさずＳＡＳの三人がジャンバッロに短機関銃のステンガンを向けた。

「その手には乗らない」一人が言い放った。「こんな棺桶に俺がおとなしく入るとでも思ったか？」

医師の意図を理解して、ロールとフレミングは互いに目で合図した。

「船長が言っていたことがやっとわかりました」ロールは言った。

「銃を下ろしてください。これから説明します」ジャンバッロが言った。「この病院は、政府からの援助を一切受けていません。患者の家族が支払う治療費だけでは運営が回らないため、働ける患者には作業所で働いてもらっています。彼らは低価格の棺を作っています。こんなご時世ですから、棺の需要は増える一方なんです。ある程度数が揃ったら、棺は船でヴェネツィアの中央に運ばれ、そこからさらにあちこちの葬儀屋に供給されます。憲兵も黒シャツ隊も迷信を信じているため、棺を開けるのを嫌がります。なにせ呪われた島ポヴェーリアから来た棺ですからね」

ロールは手前の棺に近寄って、こわごわと中を覗きこんだ。

「よくできていますね。中にはちゃんとクッションもあるわ」

「目立たないように通気孔を開けてありますから、窒息の心配もありません」ジャンバッロが言う。「あなたがたはこの中に入り、船に積まれて、ヴェネツィアに運ばれます。時間にして二時間というところでしょうか。到着したところで、われわれのリーダーに会うことになります」

「この中に入るなんて、冗談じゃない」SASの一人が言って、左手で十字を切った。「自分は戦うために軍に志願したのです。死体のふりをするためではありません」

異様に汗をかいていて、様子が尋常ではない。人差し指をまだ引き金にかけたままである。フレミングは隊員の肩にそっと手を置いた。

「悪いが、ほかに選択肢がない」

隊員は明らかに取り乱していた。その表情からは恐怖が読みとれた。棺が実際の死体を納めるためのものであるかのようにじっと見つめている。

「無理です……。勘弁してください」

フレミングはホルスターからブローニングを抜き、隊員のこめかみに当て、撃鉄を起こした。

「ただちに銃を下ろせ。戦時に上官の命令に背くことは敵前逃亡に匹敵する。わたしには任務を遂行するためにきみを撃ち殺す権利がある。きみはペスト患者の亡骸の仲間入りをすることになるぞ。さあ、棺に入るか、島の共同墓地に入るか、選ぶんだ」

隊員は玉の汗を滴らせ、かぶりを振った。別のSASがフレミングに近寄って言った。

「隊長、これはそんなに単純なことではないんです……」

「どういうことだ」

「ダグラスはフランスに派遣されたとき、アブヴィル付近の塹壕で、同じ隊の仲間たちの死体が折り重なっている中で一晩過ごしたことがあるんです。明け方、こいつは脱出に成功したのですが、閉所恐怖症になってしまって……」

「くそっ」隊員は唇を噛みしめた。「自分は地獄までついていく覚悟ができています。しかし、あの木箱の中には入れません！」

フレミングはロールをちらっと見やったが、ロールは肩をすくめるだけだった。閉所恐怖症ではどうしようもない。すると、ジャンバッコが口を挟んだ。

「隊長、わたしは閉所恐怖症の患者を治療したことがありますが、どうやらこれは本物のようです。この人は置いていったほうがいい。ほかの方法でヴェネツィアに行けないか考えてみましょう」

フレミングは渋々、銃をホルスターに収めた。

「一名欠員だ。このミッションは呪われている。そう思わずにはいられない」

四八

一九四一年十二月
ヴェネツィア
パラッツォ・ブラガディン

黒いゴンドラが狭い運河を滑るように進んでくる。船上に人の姿はない。見えない力に引き寄せられているのか、あるいは、幽霊が漕いでいるのか。ヴェネツィアでは何が起きても不思議ではない。幽霊たちだって舟遊びを楽しんでもいいはずだ。運河が交差するところまで来たら、あの無人のゴンドラはひとりでに曲がるのだろうか。水上に張り出した石造りのバルコニーの欄干にもたれて座り、トリスタンはそんなとりとめもないことを考えた。

サロンのほうを見ると、エリカがテーブルの上に乗っかって、ところどころ剝げかかった天井の彩色画を調べているところだった。天井には、プッティ――新生児のように丸々とした姿で表現された天使たち――や異国の果物が盛られた籠の絵が散りばめられている。隅には、使われなくなった槍の束が木の幹に立てかけられているさまが描かれ、戦争のあとには天国のように平和な時代が地上に訪れたことを示唆していた。ヴェネツィアでは、征服を意味する鉄の武具同様、交易の実際を具現化した寓意画が多く見られる。二人は案内役のデオナッツォとともに、二時間あまりかけて館内を細部まで調べていったが、スワスティカの情報に繋がるような思わしい結果は得られなかった。

今や二人はパラッツォ・ブラガディンの歴史にすっかり詳しくなっていた。デオナッツォによれば、パラッツォの当主は命を救われた礼に、かの有名な女たらしのカサノヴァを招いて邸内に住まわせていた。術策家のカサノヴァは遊興費稼ぎに魔術の儀式を幾度か執りおこない、ユダヤ神秘主義思想のカバラを利用して、お人好しの当主やその友人らを騙し、莫大な額の金を巻き上げていたらしい。ほかにもデオナッツォは実に刺激的な逸話を多数披露してくれた。フランス大使が若い修道女とこのパラッツォで密会を繰り返しているという艶聞《えんぶん》が広がり、ヴェネツィア中で物議を醸した云々……。デオナッツォの巧みな語り口にトリスタンが聞きほれる一方で、エリカは何度も苛立ちと動揺を露わにした。パラッツォ・ブラガディンの歴史をたどったものの、スワスティカに結びつくものは何もない。今回ばかりはトリスタンもお手上げ状態だった。

不意に、下を流れる運河から叫び声が上がった。声のしたほうを覗くと、桟橋の上で男が二人、ゴンドラに向かって縄を投げている。さっきの無人のゴンドラだ。ヴェネツィア共和国の最盛期を知る建物の染みだらけの壁にぶつかって、気ままな一人旅の中断を余儀なくされたらしい。ゴンドラはまるで生き物のようだった。自分をお縄にしようと躍起になるカウボーイの見習いどもに向かって、首をもたげて威嚇している。そのシュールな光景を見てトリスタンは笑みを浮かべた。そして、ゴンドラがこのまま逃げおおせて、晴朗きわまるこの町の運河の迷路で詩情あふれる旅を続けられるよう、こっそり祈った。

カツカツと石の床を歩くお馴染みの足音が聞こえた。エリカの頭と爪先が開きかけのフランス窓から覗く。

「トリスタン、来てよ!」

トリスタンはゴンドラの運命を見届けたかったが、諦めて室内に戻った。

エリカは腰に手を当て仁王立ちしていた。お面を被ったように顔に冷淡な表情を浮かべている。

「どうやら袋小路ね。一つだけわかったことがあるわ。わざわざここまで来たけれど、あなたの勘違いだった」

「そうらしいな」

「なによ、その態度。信じられない」

トリスタンはエリカに近づき、腰を抱きよせた。

「たまには、楽しもうよ。ここはヴェネツィアだ。ハイリゲンクロイツ修道院よりずっとロマンチックな場所だ。いい機会だから、少しは……寛いだっていいんじゃないか?」

トリスタンはエリカのブラウスの下に手を入れて、腰の窪みを確かめた。

「やめて……。はっきり言わせてもらうけど、今あなたに求めているのはそっちの才能じゃない」

トリスタンはさらに力を込めてエリカを抱きしめた。

「上の階にふかふかのベッドがあったよ。そのドアを開けたら、すぐ階段だ……」

「こんなときに、よくもそんなことを考えていられるわね」

そう言いながらも、エリカは目を閉じて抱擁を味わう素振りを見せたが、すぐに両手でトリスタンを押しのけた。

「もう時間がない。すぐに次の作業にかかるわよ。何も見つからないとしても、フューラーが到着するまでに、ヒムラー長官には何かしらお土産が必要よ。また最初からやり直しね。わたしが……」

トリスタンは首を振った。

「もういい。精根尽き果てた」

トリスタンは苛立ちを隠そうともせず、強い口調で続けた。

「何日も休みなしで働いて、もうへとへとなんだよ。ベルリンに帰ってきたと思ったら、息をつく間もなくここまで飛んできてさ……。俺はドイツ人とは違うし、ロボットでもない。そんなふうにぎゃんぎゃん命令すれば、俺が魔法の杖の一振りで謎を解くとでも思っているのか？」

トリスタンの権幕にエリカが驚いて後ずさる。騒ぎを聞きつけたデオナッツォがサロンに入ってきた。

「シニョーラ・フォン・エスリンク、いかがされましたか？」

トリスタンはデオナッツォの肩を摑み、力ずくで押し返した。

「シニョーラと俺は、急ぎの大事な話がある。申し訳ないが、二人だけにしてもらえませんか」

トリスタンはデオナッツォをサロンから追い出してドアを閉めた。

「ちょっと落ち着いてよ、トリスタン」

「いや、疲れているだけだから。一晩眠って頭を休めたい。ヴェネツィアを楽しませてくれよ。来る日も来る日も謎解きに明け暮れて、そんなのは無理だ」

エリカは黙ってトリスタンを見つめている。トリスタンは腹立ちまぎれに話を続けた。

「それからさ、二人でいるときは、そのフューラーとかライヒスフューラー《親衛隊全国指導者》とか、勘弁してくれよな。オーベルグルッペンフューラー《上級集団指導者》だかなんたらフューラーだか知らんが、きみの変てこな肩書きのお仲間なんて、俺には関係ない。不思議な力を持つとかいう、その訳のわからん鉤十字にしてもそうだ。本当はきみだってくだらないと思っているんじゃないのか？　とにかく、そんなものは見つからないほうが都合がいい。偉大なるドイツ帝国なんかボロクソに負けりゃあいいんだ」

トリスタンはソファに倒れこむように腰を下ろし、傲然と腕を組んだ。エリカはぎょっとしてトリスタンをまじまじと見た。

「そんなことを口にしたら、銃殺刑だってわかっているの？」

「メ・ネ・フレーゴ！」

「なんですって？」

「きみらと仲良しのファシストのスローガンだよ。わ、わ、わたしは気に、し、しない。殺されるのは覚悟のうえさ。しかも、この町でならね。ほら、〝ヴェネツィアを見て死ね〟っていうじゃないか」

エリカはトリスタンの横に座り、頬を撫でた。

「いいわ、大目に見てあげる。今のは聞かなかったことにするわ。あなたの言うとおり、自分たちの力を買いかぶっていたようね。わたしにも休息が必要だわ。でも、ホテルに行く前に……」

エリカはトリスタンの唇にキスをすると、いきなりトリスタンの上に馬乗りになった。

「あなたって、怒っているときもすごくセクシー」そっと囁く。

「上に行こうか？」

エリカは思いきりトリスタンをソファに押し倒した。

「つまらないこと言わないでよ……。ここじゃ駄目？」

四九

一九四一年十二月
ヴェネツィア

サン・マルコ広場には人気《ひとけ》がなく、鐘楼《カンパニーレ》の周りをハトが黒々と群れをなして飛びまわっているだけである。ヒトラーはヒムラーを伴ってドゥカーレ宮殿に行くため、この日はいつもの朝寝坊はせず、早起きをしていた。イタリア警察に親衛隊から派遣された二個の分隊が加わって広場は入場が規制され、一方で、潟《ラグーナ》は海軍によって厳重な警戒態勢が敷かれている。世界で最も有名な広場がこれほどがらんとしているのは数十年ぶりのことである。ヒトラーとヒムラーが歩く拱廊《きょうろう》の下に引き潮の波音が聞こえてくるほど、広場はひっそりと静まり返っていた。

「ムッソリーニはヴェネツィアが好かんらしい」ヒトラーが言った。「まあ、それもそうだろう。彼はロマーニャ地方の田舎者だから、このヴェネツィアの美しさの価値がわからんのだ」

「おっしゃるとおりです、フューラー」ヒムラーが同意した。

「もっとも、ヴェネツィアはイタリアとは切り離して考えるべきだな。混血のナポリ人と水上に大理石の都市を築いた人々とのあいだにどんな共通点があると言うのだ？」

「何もありません。そもそも、ヴェネツィアはゲルマン民族由来の人々によって作られた都市であると確信しております」ヒムラーが同調した。「帰国しましたら、さっそくアーネンエルベの優秀な研究者たちにそれを証明させましょう」

ヒトラーはドゥカーレ宮殿の入口の前で足を止めると、フランボワイヤン様式の回廊を指さした。

「あれを見たまえ。ゴシック様式そのものではないか。ヴェネツィアがどのくらいのあいだオーストリア帝国の統治下にあったか知っているかね？　ほぼ一世紀だぞ！　わたしはムッソリーニにヴェネツィアをドイツに返還するよう要求すべきではないかと考えている」

普段から心の内を見透かされないようにしてきたヒムラーは、一瞬面食らった。フューラーに面と向かって領土返還の要求を突きつけられたら、あのヒ、キ、ガ、エ、ルはどんな顔をするだろうか。激怒することがおおいに予想される。

「フューラーはムッソリーニと領土の交渉をなさるおつもりなのでしょうか？」

ヒトラーは中庭の中央に佇み、真っ白なファサードのレースのような装飾をほれぼれと眺めた。

「きみが懸念するのもよくわかる、ハインリッヒ。だが、安心したまえ。ドゥーチェに持ちかけるのはまったく別の問題だ。今回の訪問は、ゲッベルスが思っているようなプロパガンダだけが目的ではない。ソ連との決着がつこうとしている今、ほかにも目を向けなければならない地域がある。南だ」

懐疑的なヒムラーは驚いた。

「われわれはすでにバルカン半島はギリシャに兵を進め、リビアではロンメル将軍率いる部隊が奮闘し、イタリアを支援しています。わたしは地中海の南に兵を出すことにはずっと反対しておりました。それはご存じのことと思いますが」

「ああ、ハインリッヒ。いずれきみにもわかってもらえるときが来る」

二人は大階段を上って二階に行った。ヒトラーは一面に華麗な装飾彫刻が施された格天《ごう》井には目もくれなかった。建築においては過剰を嫌っているのだ。

「ユダヤ人どもがあれに金を出していると聞いても驚かんぞ。連中は派手好きで虚栄心の塊だからな！　さあ、ついて来なさい。いいものを見せてあげよう」

ヒムラーは胸の高鳴りを覚えた。重責に押しつぶされそうになりながらフューラーと親密な時間を過ごしているかと思うと、いつもながら感動してしまう。ヒムラーは神聖にして侵すべからざる境界内、フューラーが本当の自分をさらけ出す深い領域に入りこめたような気がしていた。

「投獄（注18）されていたとき、毎晩のようにヴェネツィアについて書かれた本を読みふけっては、街並みやこのドゥカーレ宮殿に思いを馳せたものだ。空想の中で何度ヴェネツィアを散策したことか！」

「フューラーはご自分の人生をドイツに捧げてこられました。われらが祖国の聖人君主であります」

自分の言葉に嘘偽りはない。フューラーがナチスの前身、ドイツ労働者党に入党してから現在の地位に上りつめるまでに、およそ十五年の歳月が流れている。まさにたゆまぬ努力を続け、執念の闘争に明け暮れた日々だったに違いない。そして、十数か月に及ぶ拘留生活のあいだに『わが闘争《マイン・カンプ》』を執筆し、牢獄の奥で党の再編成に向けて取り組み、そのうえで時間を工面してヴェネツィアについて徹底的に調べる余力まであったのだ。

「見たまえ」

フューラーが扉を開けると、そこには忘れ去られて訪れる者などいないような部屋があった。空中に古びた蝋《ろう》の匂いが漂っている。ヒムラーは下りていた窓の日よけを上げた。そして、壁を見て息を呑んだ。予想に違い、老いた皺だらけの元首《ドージェ》の肖像画や聖母子画などはなかった。目の前に広がっているのは世界の縮図である。

「ここは地図の間だ」ヒトラーが言った。「天使の像や天井画を期待するな。絢爛豪華な大広間も、煌びやかな黄金もどうでもよい。そんなものは人の目を眩ませ、理性を失わせるだけだ……。ここは秘かにヴェネツィアの中心となっている。この部屋こそが、ヴェネツィアの野心を成熟させ、政治を決定づける場所なのだ」

四方に全世界が広がっている。ヒムラーは一つ一つ確認していった。ヴェネツィア共和国の植民地が点在するアドリア海沿岸、その隣は、クレタ島とその難攻不落の要塞、さらに先に進むと、神秘のアフリカ。黄金と象牙を山と積んだ隊商が連なっている……。すると、ヒトラーがヨーロッパ大陸を指さした。

「見たまえ。われわれがすでに征服したものだ。最盛期のヴェネツィアでさえこれほどまでの栄華を誇ることはなかった。しかし、われわれはこれで満足したわけではない」

ヒムラーは地中海を見つめた。北側の沿岸諸国はすべてドイツか同盟国のスペイン、イタリアのものとなっている。突然、ヒムラーはヒトラーが実際に思い描いている構想が摑めたような気がした。フューラーがリビアに軍を派遣したのは、ムッソリーニを助けるためではなく、近東諸国を占領し、そこからイギリス植民地帝国を崩していくためではないだろうか？　そして、その計画はインドにまで及んでいるのだ。

「さすが、先見の明がおありになる」

「これでどうしてわたしがムッソリーニを必要としているのかがわかったかな？　イタリアは現地で部隊を展開させているが、その数は十分ではない」

ヒムラーはあえて意見した。

「われわれの軍の情報によると、戦闘能力が劣っているようですが……」

「まあ、イタリア人だからな。古代ローマ皇帝の頃から戦い方を知らんのだ。その代わり、輸送や物資補給など兵站機能を確保するには彼らが必要になる。砂漠では死活にかかわる問題だからな」

ヒトラーはナイル川に手を伸ばした。

「まずはエジプトを攻略する。そのあとはドミノ倒し的に勝ちが転がりこんでくる。パレスチナにシリア、レバノン……。そして、膨大な石油資源が見込めるイラクとサウジアラビア……。アラブ世界の力と理想を呼び覚ますのだ……。そして、インド亜大陸を解放する……」

地図上のインドは海岸部しかなかった。ヴェネツィア人の知識と野心には限界があったのだ。しかし、フューラーは限界を知らない。

「来春早々、ソ連に新たな部隊を投入し、カフカスに向かわせる。そこでも、ソ連の圧政に苦しむ民衆はわれわれの進軍とともに一斉蜂起するだろう。ドイツのおかげで何百万もの人間が自由を得る。少なくとも彼らはわれわれに仕えるにふさわしいと思われる人間だ」

ヒムラーは下戸だったが、酔ったような心持ちになった。ナチス・ドイツは世界の歴史に新たなページを加えることになるのだ。そのページは、カフカス、インドにとどまらない。ナポレオンはヨルダン川を越えることができず、アレクサンドロス三世はインダス川を前にして軍を撤退させた。だが、フューラーはそのはるか先まで行くのだろう。

太平洋沿岸まで。

「フューラー」感動のあまり、ヒムラーの声は震えていた。「突然で失礼とは存じますが、どうかこちらの品をお受け取りいただきたく」

ヒトラーは驚きながら、ヒムラーの差し出した箱を受け取り、蓋を開けた。

「アーネンエルベの研究員がクノッソスで見つけたものです。おそらくは、ヨーロッパ最古の鉤十字の一つと言えるでしょう。この金細工に鉤十字が刻まれたのは二千年以上前のことです」

ヒトラーは箱から金細工を取り出し、黙ってじっくりと観察した。太い指ではあるが、驚くほど繊細に扱っている。

「この象徴を刻んだ職人はゲルマン人に違いない。貴金属に端正に、そして丹念に彫りこんでいる……」

ヒムラーは、ヒトラーが上着のフラワーホールに着けている金のスワスティカを指した。

「ちょうどそちらのスワスティカがぴったり嵌りそうですね」

無意識にヒトラーはお護り代わりにしているバッジに手をやった。肌身離さず着けているバッジだ。

「ありがとう、ハインリッヒ。これは特別にすばらしい贈り物だよ。きみが思っている以上にね」

ヒトラーは一葉の地図を見つめた。そこにはブルターニュの浜からジブラルタルの岩までの海岸線がくっきりと描かれている。海の存在など無きがごとしに見える。

「この当時、アメリカは存在していなかったのですね」ヒムラーが言った。「それが、今や飛ぶ鳥を落とす勢いです。いずれは対戦することになるでしょう」

ヒトラーは改めてバッジに触れた。

「いいかね、ハインリッヒ。わたしがわたしである以上、アメリカがわれわれに牙を剝くことは決してない」

五〇

一九四一年十二月
ヴェネツィア
ファシスト評議会晩餐会会場

「友よ、晴朗なるヴェネツィア・ファシスト評議会の晩餐会を締めくくる友好のコーヒーの前に、今一度、われらが崇拝するおかたの栄光のために祝杯を挙げましょう！」

「ドゥーチェのために！」列席者が一斉に声を上げた。男性たちは白い礼服に黒いフォーマルネクタイを華やかに結び、同伴の夫人はイブニングドレスに身を包んでいる。

全員が起立してグラスを掲げた。

乾杯の音頭を取った男は、鬢に白いものが交ざり、わし鼻で目つきが鋭かった。その名をガレアッツォ・ディ・ステッラ伯爵という。頬の削げた顔と長身の体躯は生来の威厳に満ちており、中世のコンドッティエーレ（注19）のような雰囲気を醸し出していた。伯爵はバルバレスコのグラスを口に持っていき、満足げに客を見つめると、一気に飲み干した。伯爵自身の装いもイタリア王立軍の上級将校のものだった。上着の折り返し襟に党章のファスケス[注20]が金糸で縫い取られ、胸には先の大戦で受勲した色とりどりのリボンの徽章もずらりと並んでいる。どれも伯爵の軍功を物語っているが、中でも最高位のものが十字のサヴォイア軍事勲章だ。一方、テーブルの周りの男性客たちの胸に武功勲章は見られない。たいていは、ファシスト党の徽章やエチオピア戦争の名誉勲章を付けるのみだった。ヴェネツィアの由緒正しい家柄の伯爵はグラスをテーブルの上に置いた。

「みなさんに感謝します。われわれの崇高なる指導者は、みなさんの力と揺るぎない忠誠心を必要とされています。さあ、これよりサロンへと場所を移し、上等のグラッパをいただきながら、われらファシストの熱き思いを高めあい、熱き血潮を滾《たぎ》らせようではありませんか」

　伯爵の発言の合間合間に笑い声が上がる一方で、使用人たちが客のあいだから手を差し入れてテーブルの上のものを下げはじめた。黒髪をぴたりと両脇に撫でつけた秀でた額の将校が伯爵に近づいてきた。イタリア王立海軍《レージャ・マリーナ》指揮官の制服を着ている。

「伯爵殿、どちらで調達されたのかは存じませんが、すばらしいご馳走でした。あのフィアンマーレ[注21]した仔牛はドゥーチェの食卓にお出ししても恥ずかしくないものです」

「これは、これは、ボルゲーゼ貴公子。礼を言うよ。このあとはどうするのかね？　われわれと語らいの夕べを過ごすのか。それとも、デチマ・マス[注22]の勇猛果敢な潜水兵たちと次なる作戦に向かうのか？」

ボルゲーゼ中佐は頭を左右に振り、口に指を当てた。

「軍事機密です！」

「そうだろうな」

「ここだけのお話ですが、次なる作戦には出発することになっています。と申しましても、明晩はフューラーとドゥーチェのために催される晩餐会に招かれておりますが。伯爵も出席なさいますか？」

「もちろんだ。だが、今回の件はわからないことが多い。公式会談でもなく、ドゥーチェが招聘《しょうへい》したわけでもない。一九三四年の会談(注23)の決裂とは関係ないはずだ」

中佐は警戒するように左右に視線を走らせてから、伯爵に近づいた。

「伯爵殿の忌憚《きたん》のないご意見を伺いたいのですが」

「いいとも」

「ヒトラーの非公式の訪問について、どう思われますか？」

「名誉なことだ」伯爵は大袈裟に言った。

「確かにそのとおりですが、なぜ会談することになったのでしょうか」

ディ・ステッラ伯爵はシガリロを勧めたが、ボルゲーゼは丁重に断った。

「東部戦線の展開について、直接意見を交わしたいと考えているのではないだろうか。ソ連攻略はおおむね成功しているが、モスクワはまだ陥落していない。これから枢軸軍は厳しい冬に立ち向かうことになる。われわれはすでに二十万人以上の援軍を送っている。わたしとしては、イタリア軍にシベリアの冬将軍と戦わせたくはないがね」

「わたしも同じく、理由の一つに東部戦線が関係していると考えていました。ですが、それればかりではないような気がします」

「どういうことだね？」伯爵は煙草に火を点けながら言った。

「北アフリカ戦線です……ロンメルはもう持ちこたえられません。トブルク包囲戦は失敗に終わりました。バスティコ将軍率いるイタリア軍はリビアに後退しました。マルタ島はまだわれわれの攻撃に対して抵抗を続けています。いずれも芳しくない状況です」

「いやいや……一時的なものだ。わが軍は敵よりも優れている」

「もちろんです。ですが、これほどの痛手を受けたのははじめてです。ボルガの河岸よりリビアの海岸のほうがローマからは近いというのに」

伯爵は眉を上げた。

「ほう、きみの口からそんな弱気な発言を聞くとは思わなかったな。黒い貴族（注24）の末裔ともあろう者が。ユニオ・ヴァレリオ・ボルゲーゼくん、きみは精鋭集団デチマ・マスの誇り高き指揮官なんだぞ」

ボルゲーゼは伯爵の声に皮肉な響きを感じとったが、胸に納めた。

「弱気になっているわけではありません。これは戦略の話です。地中海は〈われらが海《マーレ・ノストルム》〉（注25）

ではありませんか。ドイツが地続きの東ヨーロッパの獲得を考えているように、地中海はわれわれの生存圏です。イタリアこそ地中海の主要国なのです。イギリスがこれ以上邪魔だてをするのであれば、われわれの存在を見せつけなければなりません。さもないと、先月エチオピアから追われたように、リビアとチュニジアを失う恐れがあります」

そこに使用人がやって来て伯爵に耳打ちした。伯爵は頷くと、面倒そうに使用人に下がるよう合図した。ボルゲーゼはさらに続けた。

「ドゥーチェはフューラーに交渉し、リビアにおけるドイツアフリカ軍団を強化させるべきです。イギリスが支配するエジプトに攻勢をかけるには、絶対に必要です」

伯爵は煙をゆっくりと吐き、ボルゲーゼの目を見つめた。

「何を言うか、ボルゲーゼくん！」伯爵はたしなめるように言った。「われわれはギリシャ侵攻に失敗したあとで、すでにドイツに援軍を求めているではないか。ヒトラーにしても、今は対ソ戦に全兵力を集中させたいはずだ！　これ以上の恥の上塗りは許されんよ」

「わがままを言っているわけではありません。アメリカがイギリス側について参戦したら、敵は必ずや北アフリカに侵攻してくるでしょう。それこそ、終わりの始まりです……」

ディ・ステッラ伯爵は毅然としてボルゲーゼの肩に手を置いた。

「もうその辺にしておきたまえ。われらが誇り高きイタリア軍であれば、さらなる戦果を上げることができよう。アフリカでもソ連でも必ずや快挙を成し遂げるに違いない。わたしのいるところで、後ろ向きな言葉は聞きたくない。きみのような立派な将校にはふさわしくない発言だ。ただちに撤回したまえ！」

ボルゲーゼは顔を真っ赤にしたまま、胸を張った。

「伯爵殿、申し訳ありませんでした」

「ファシストは決して許しを請わないものだ。服従と行動、この二つだけだ」

「はい！」

伯爵は微笑んだ。

「今の話はさっさと忘れることにする。敬愛するわがドゥーチェの健康のために、向こうで上等のグラッパを味わってくれるかな？」

「喜んでお供します」

「いや、わたしは先に急ぎの用事を片づけてしまおう。すぐにそちらに行く」

ボルゲーゼは礼をして隣の部屋に歩いていった。伯爵はそれを目で追い、中佐の姿が消えるのを見届けると、反対側にある奥の扉へ向かった。制服を着た使用人がお辞儀をして扉を開けた。

「わたしを捜す者がいたら、十分ほどで戻ると伝えてくれ」

「かしこまりました」

伯爵は足早に階段を下り、湿気で壁が傷んだ部屋に入った。黒いシャツを着た男が八人、四つの棺の横に立っている。伯爵が来ると、八人は姿勢を正した。

「どこで回収したのか？」

「予定どおり港湾事務所の貨物置場です」

「すぐに開けるんだ！」


棺の蓋が開けられ、特殊部隊のメンバーたちは次々と起き上がった。蓋を開けた男たちが漂わせる怪しげな雰囲気にメンバーたちは身を固くした。フレミングとロールは最後に棺から出ると、黙ってほかのメンバーの横に並び、両手を挙げた。

白髪交じりの軍服を着た背の高い男がこちらをじっと見ている。男の目つきは射るように鋭く、威圧的で、常日頃より人を従わせている人間特有の強い光を湛えていた。男はしばらく様子をうかがっていたが、やがてずばりと核心を突いてきた。

「おまえたちがイギリス人だということはわかっている。ヴェネツィアであるミッションを遂行するために派遣されてきたということもな。だが、それがどんなミッションなのかは知らない。今、ここで説明してもらおうか」

メンバーたちは押し黙っていた。ロールは鼓動が速くなるのを感じた。どうやら船長か島の医師が裏切ったようだ。毒入りカプセルを埋めた奥歯の上を舌でなぞってみる。強く嚙みくだけば一分と経たないうちに死ねる。

軍服の男は部下の一人から銃を取り上げ、銃口をフレミングの腹に押しつけた。

「おまえがこのグループのリーダーだな」

「おっしゃっている意味がさっぱりわかりません。僕らはアメリカ人でイタリアに観光に来ていたんです。どういうわけか、こうして棺に閉じこめられてしまいました。これって、まさかヴェネツィア式の歓迎だったりするのでしょうか？」

男はしばらく黙っていたが、急に笑いだした。

「ほう、ステンガンを携えて観光をするとは。イギリス人ならではのユーモアってやつですか。手を下ろしてください。わたしはディ・ステッラ伯爵です。芝居に付きあわせて申し訳なかった。最近、ハイドリヒの部下がイギリス人エージェントを装って潜入を試みたことがあったばかりでしてね」

「迫真の演技でした」フレミングが言った
ロールは顎の力を緩め、ほっとした。カプセルを噛みくだけば、激しい全身痙攣を起こして死を迎えると聞く。だが、その瞬間は遠のいていった。とりあえず今のところは。

「しかし、そのお召しものは党幹部の礼装ですよね。どういったわけでしょうか？」

「わたしはＯＡＦ、ファシスト貴族連合の代表を務めています。今まさにヴェネツィアのファシスト評議会の幹部連中との公式晩餐会を開催している最中なのです。出席者たちは上の階で煙草を吸っているところですよ。どうです？　ここなら誰もイギリスの特殊部隊を追っては来ますまい？」

五一

一九四一年十二月
ロンドン
ホルボーン地区

「くそっ。あんたのそのおつむにはマーマレードが詰まっているのか?」

「すまん……悪かったよ」

マローリーはクロウリーを壁に押しつけ、襟を摑んでぎりぎりと締め上げた。今にも殺しかねない勢いである。

「あんたは地上最低の下衆野郎だ。ヒトラーに次ぐクズだ。あんたを牢屋にぶちこんで、一生出てこられなくしてやりたいとはじめて思ったよ」

ホルボーン署の角を曲がり、見張りの警官の目が届かなくなったところで、マローリーは怒りを爆発させた。

「あんたの軽率な言動で、うちの部門が危地に陥っている」

「く、苦しい……息が……できない」顔を真っ赤にしてクロウリーが哀れっぽい声を出す。

「もっと痛い目に遭わせることだってできるんだ。SOE式蛇の生殺しをお目にかけようか。それこそ息ができなくなるぞ」

マローリーが手を離すと、クロウリーは溶けたラードのようにくずおれた。通りの角からアミルカーがすっと現れ、二人の横で停まった。運転手が降りてきて、二人にドアを開ける。

「乗れ！」マローリーは厳しい声で命じた。二人が乗りこむと、車はものすごい勢いで発進した。マローリーはタイプ打ちされた書類の束をクロウリーの鼻先に突きつけた。

「婦女暴行、薬物使用、動物虐待、公然猥褻《わいせつ》、警官侮辱。何より最悪なのは、厚かましくも自分をSOEの人間だと名乗っていることだ」

「全部話すから、釈明させてくれ」クロウリーは喚いた。「その……商売女に魔術の儀式に参加してみないかと声をかけたんだ。幻覚作用のあるキノコの煎じ薬を飲ませたら、どうも分量を間違えたらしく、女がおかしくなった。本当だ。隣人が騒ぎを聞きつけて、警察が駆けつけてきた。ニワトリのことは、ちょっと血が入用だっただけで、殺そうとしたわけではない。警察に踏みこまれたとき、わたしは全裸だった。だが、それは体内で霊力を循環させるために必要なことなんだ」

「魔術だと？　勘弁してくれ。いったいあんたの頭の中では何が起きていたのだ？」

「おたくにはわからんさ。麻薬みたいなものだからな。もし霊と交信しなくなったら、わたしは力を失ってしまう。わたしは魔術に生かされているのだ」

「馬鹿馬鹿しい！」

するとクロウリーは姿勢を正し、刺繍入りのハンカチで顔を拭った。そして、挑むような目でマローリーを見た。

「馬鹿馬鹿しいか？　ならば、不思議なスワスティカが戦争の流れを変えると信じることは馬鹿馬鹿しくないのかね？」

マローリーは答えずに黙りこくった。アミルカーの車内には力強いエンジン音が響いていた。窓外を流れる家々は徐々にその様相を変えつつあり、瀟洒なビクトリア様式の邸宅が飾り気のない実用的な住居に取って代わられていく。豊かさが次第に遠ざかっていった。マローリーはクロウリーのほうを向いた。

「あんたの武勇伝の調書を回収できただけでも、ありがたいと思え。警察に協力を頼めるのも、わたしが特務機関に所属する人間だからできることだ」

「悪かった。本当に助かったよ」

マローリーの目は冷ややかだった。

「次に何かやらかしたら、わたし自身が責任をとる。それで幕引きだ。そこまで言えばわかるだろう？」

「わかったよ……」

車はエバーズホルト・ストリートをロンドン北部に向かって猛スピードで飛ばしていた。通りの両側は前年の空襲の爪痕もまだ生々しく、大きな穴の開いた建物や、正面に汚れた板を打ちつけたまま放置された商店が次々と続く。

「よし。このあと地獄の火《ヘルファイア》クラブの近くで降ろすから、モイラにこの書類を渡してくれ」

そう言って、マローリーはＳＯＥのスタンプが押された灰色の封筒を差し出した。

「今度はどんな書類かね？」

「そこにはドイツのために働いている三人の破壊工作員の名が書かれている。それぞれコヴェントリー、マンチェスター、カーディフに潜伏中で、ともにモーズリーの黒シャツ隊にいたイギリス人だ。三人は数か月前よりＭＩ５にマークされている」

「どういうことだ？　所在を掴んでいるのに逮捕しないのか？」

「三人は重要人物だ。もしこの三人が逃亡の動きを見せたら、ベルリンがモイラからの報告を真に受けたということだろう。それが確認できれば、あとは偽の情報を次々と流していくまでだ」

ヴェネツィア
ディ・ステッラ邸

ＳＯＥのメンバーらは伯爵から豪華な料理を振る舞われた。ナスとトマトとタマネギの温かいカポナータ、軟らかい牛骨付き肉のフィレンツェ風ステーキ、チーズはペコリーノ・ロマーノとヴァルテッリーナ・カゼーラ、締めのデザートはスパイスの効いたフレッシュアーモンドたっぷりのパンフォルテに蜂蜜をかけたもの……。ディ・ステッラ伯爵はイギリスからの客人に敬意を表し、お抱えシェフに食事を用意させていたのだ。ファシスト評議会の晩餐会の招待客が帰っていったのを見計らって、一同は小さな食堂に入った。

「戦争になってから、こんなに腹いっぱい食べたことはなかったな」すっかり堪能したフレミングが言った。「これからはイタリアだったら、どんなミッションだろうと喜んで行きますよ」

「ヴェネツィアのファシスト貴族連合の代表をしていますと、多少なりとも物資の供給面で優遇措置が受けられるものですから」

伯爵はそう答えると、ワシのように鋭い視線で一同を見回した。

ロールは伯爵が勧めたワインを丁重に断り、刺繍入りのナプキンで口を拭った。

「ファシストの団体の代表を務められているあなたが、なぜ敵国のイギリスに協力なさるのでしょうか？」

伯爵はテーブルの一番端に座り、グラスをシャンデリアの光にかざしてワインの色合いを眺めた。

「誤解しないでいただきたいのですが、わたしは自分のしていることが祖国を裏切る行為だとは思っていません。わたしは一九二二年、ムッソリーニとともにローマを歩いた人間(注26)です。わたしは、ファシズムが国を立て直し、共産主義勢力と闘うための唯一の道であると本気で信じていました。その後、エチオピアで戦争があり、長男のバルトロメオを失いました。まだ三十二歳でした。続いてギリシャ侵攻では次男のリヴィオが戦死しました。二十八歳です。狂気にとり憑かれたドゥーチェのせいで、わたしには後継者がいなくなってしまいました。ディ・ステッラの家系はこれでもうおしまいです」

「すみません、失礼しました」ロールは謝った。「まさかそんな……」

「あなたが謝ることはありませんよ」伯爵が遮った。「息子たちの死の責任の一端はわたしにあるのです。あの悪魔が権力を握るのに、わたしも加担したのですから。失ったのは息子だけではない。よき友であり忠実な秘書だったサミュエルも失いました。彼はユダヤ人で、家族は三世代前からヴェネツィアに住んでいたのです。一九三八年にファシスト政権が発令した人種法により、ユダヤ人は市民権を剥奪され、彼も祖国を離れていきました。まことに皮肉な話ですが、彼もまたファシストだったのです」

「ユダヤ人でありながらファシストだなんてことがあるのですか？」フレミングが驚いて聞き返した。

「ええ。ヒトラーと同盟関係を結ぶまで、ムッソリーニはユダヤ人に対して特に反感は抱いていませんでした。側近にはユダヤ人もいたくらいです。胡散臭いアーリア人至上主義、ユダヤ人陰謀説、ゲルマン民族の血の称賛……そんないかさまを並べたてて、権力の座についているドイツの悪魔《ディアーヴォロ》がムッソリーニを腐敗させてしまったのです。大衆はいかさまが大好きです。とりわけ自尊心をくすぐるいかさまにはすぐに飛びつきます。国家社会主義は無知の土壌に根を伸ばしていきました。ヒトラーが絶えず憎悪という肥やしを撒いている土壌に。それでも、これだけは知っておいてもらいたい。多くのイタリア人が自分の国で起きていることを恥じているのだと」

「組織ではどのように連繫をとってこられたのですか？」

伯爵はワインを一気に飲み干した。

「戦前、わたしは多くのイギリス人の友に恵まれました。その中にはSOEのマローリー司令官もいます。先の大戦では、イタリアもイギリスと同じ連合国側でしたからね。それに、貴族同士でもかなり前から国境を越えて繫がりを持つようになっています。メンバーの中には、驚くなかれ、かつて社会主義者だった者や、共産主義者だった者もいます」

フレミングが頷いた。

「そうでしょうね。ヨーロッパの多くのレジスタンス組織でそのようなケースが見られます。結局のところ、われわれも今ではソ連と同盟関係にありますからね。さて、このあとはどんな段取りになっているのでしょうか？」

「明日、あなたがたのうちの一名が、ドイツ側に潜入中のエージェントと接触することになっています。マローリーによると、十六時きっかりにその男がサン・マルコ広場の鐘楼《カンパニーレ》の上にいるとのこと。男のコードネームはジョン・ディーとだけ聞いています。合言葉を教えましょう」

ロールの全身に緊張が走った。その様子に気づき、フレミングは伯爵に言った。

「こちらの女性を向かわせます。その男と面識がありますので。男と接触できれば、そのあとどう動けばいいかもわかるでしょう」

「その男から情報を得て、あなたがたは何か重大なものを回収する。そういうことですね?」伯爵が尋ねた。

「そのとおりです」

「苦労はきっと報われるはずです。大きな賭けではありますが」

ロンドン

地獄の火《ヘルファイア》クラブ

モイラ・オコナーは四肢を広げ、裸でじかに床石に横たわっていた。両掌と額はべったりと赤く塗られ、目を閉じている。赤い色は血である。頭、両手、両足は床に描かれた五芒星の先端にそれぞれ置かれている。そして、その先端の前には、おのおの黒い毛織のマントをまとい頭巾を被った女たちが跪いていた。紅仙女の異名を持つモイラが、はるか時の彼方より立ち現れた化身に言葉を放つ。

「冥界の女王よ、天空神と地母神の娘よ、冥府の神の妻よ、汝に感謝せん。汝は冥界と天と地に属せし者なり」

　モイラがゆっくりと起き上がり、ほかの五人も身を起こす。女の一人が濡らしたタオルを差し出すと、モイラは両手の血を拭った。別の女が漆黒の闇のような絹のガウンを肩に掛けてやる。モイラはすっかり幸福感に包まれていた。儀式によって浄化され、甘美で深い精気が体内に満ちている。

　モイラが女たち一人一人と抱擁を交わしていると、ドアをノックする音がした。モイラは眉をひそめた。地獄の火《ヘルファイア》クラブでは、誰も赤い月の儀式を邪魔することは許されない。禁を破った者は見せしめの罰が科せられるのだ。モイラがしかたなくドアを開けに行くと、顔に梅毒の発疹の痕のあるスコットランド人の男が頭を下げていた。

「ご主人さま、お邪魔をして申し訳ありません。アレイスター・クロウリーが来ております。どうしてもお目にかかりたいと言うのです。緊急の用件だそうです」

ヴェネツィア
ディ・ステッラ邸

フレミングは伯爵に勧められたキューバ産の上等な葉巻をふかしながら、自身の武勇伝を披露していた。

「そんなわけでポルトガルでの任務もひどいものだったのですが、最後にエストリルのカジノでバカラをしたばっかりに、まあ忘れがたい思い出となりましたよ。ドイツ人の賭博師たちの見ている前で見事に大負けしまして。しかし、主はわたしを見放さず、わたしを見捨てなかったわけです。実はそのあと、魅力的なイタリア系ブルガリア人のヴェスパー・ディ・アレクサンドラ伯爵夫人との出会いがありましてね。この上なく官能的な一夜をともにして……」

伯爵は微笑んだ。どうも話半分に聞いておいたほうがよさそうだが、このフレミングという男には、自らの破天荒な半生を雄弁におもしろおかしく語る才能があるのは確かだ。

「わたしもエストリルのカジノにはよく行ったものです」伯爵は言った。「戦前の話ですが。当時は上流階級の人間が集う優雅な社交場で、各界の名士が顔を揃えていました。それが今では、スパイの巣窟になっているという。伝統は失われてしまいました」

二人が伯爵の書斎でアブルッツォ産のグラッパを味わいながら語らいはじめて十五分以上が経つ。二人きりで話したいとフレミングから伯爵に持ちかけたのだった。ほかのメンバーたちはすでに伯爵邸の離れの寝室に引き取っている。ロールも用意された浴槽付きの部屋に驚きながらも、遠慮なくその恩恵に預かっていた。

伯爵は立ち上がると、壁に飾られた絵画のそばに寄った。絵の中からはルネサンス期のものらしい甲冑を身に着けた男が剣を地に立て、傲慢な眼差しでこちらを見ている。

「フレミング隊長、こちらはわたしの先祖のシジスモンド・ディ・ステッラです。若かりし頃はこのように傭兵《コンドッティエーレ》を気取っていましたが、のちに妻となるヴェネツィア貴族の麗しき女性と出会ってからは、ふりをするのをすっぱりとやめたのです。彼の座右の銘は《ノーン・デーキピムル・スペキエース》、つまり、《見せかけに欺かれるな》でした」

「どういうことでしょうか?」

ディ・ステッラ伯爵はフレミングに近づき、肩に手を置いた。

「このたびのミッションについて、あなたはすべてを話してくれたわけではない。いったい何かを回収するためにそこまで大がかりな作戦を立てるものでしょうか? それほど重要なものがあるようにはとうてい思えませんが。違いますか?」

「おっしゃるとおりです。それをお話しするために、こうして二人きりになるのを待っていました」

「話を伺いましょう」

「ある意味、これは二重の任務です。第一の目的は、あるものを回収することです。その重要性については申し上げないでおきましょう。頭の中を疑われてしまいますから」

「そして、第二の目的は……察するに、そちらのほうがさらに困難なミッションとなるのでしょうな」

フレミングは立ち上がり、厳しい目をした。そして、葉巻の先を大理石の灰皿に押しつけて消し、低い声ではっきりと言った。

「この戦争を終わらせること。ヒトラーとムッソリーニを始末することです」

第四部

《進んで悪魔に身を委ねますよ、自分が悪魔でなければね》

——ゲーテ
『ファウスト』より

五二

一九四一年十二月
ヴェネツィア
サン・マルコ広場

ヒトラーのドゥカーレ宮殿訪問は終了し、サン・マルコ広場はいつもの賑わいを取り戻していた。〈カッフェ・フローリアン〉の前に差しかかると、ロールは思わず歩みを緩めた。寒冷多湿の気候にもかかわらず、テラス席は客で満杯である。だが、そこには尋常ならざる空気が漂っていた。十ほどあるテーブルがすべて、フィールドグレーの軍服に身を固めたドイツ軍の将校と下士官で占められているのだ。どの顔も間の抜けた笑みを浮かべ、カフェの楽団が奏でる『美しく青きドナウ』を聴きながら、無限の喜びに浸っているようだ。ロールは身震いした。あの制服を最後に見たのは、母国フランスでのことだ。あれと同じ制服を着た得体の知れない男たちが、父を殺したのだ。

ロールはアーケードの陰に身を隠し、男たちをつぶさに観察した。

再び自分の前に現れた敵。憎悪が一気に噴き上げ心を支配していく。溶岩が火山の斜面を流れ落ち、すべてを焼き尽くしていくかのように。

　できることなら、今すぐステンガンを握って、奴らを皆殺しにしてやりたかった。テーブルから滴り落ちる血。血の海と化した広場。ぐちゃぐちゃの顔、蜂の巣にされた腹、ほうぼうにちぎれ飛んだ手足の光景が目に浮かぶ。楽団のトランペットやヴァイオリンの音まで掻き消すほどの断末魔の叫び。最後の一人からその腐敗した魂が尽きた暁には、まだ生温かい血にまみれた靴のまま足をテーブルの上に投げ出し、父の仇を取った記念にキャンティ(注1)で乾杯してやる……。

　不意に肩を触られ、不快なしゃがれ声が耳もとで響いた。

「失礼《スクーシ、シニョーラ》」

　背筋に冷たいものが走った。イタリア語だが、北のほうの訛りがある。ドイツの訛りだ。心臓が胸から飛び出さんばかりに大きく脈打った。直感的に、レインコートの中に隠し持ったブローニング拳銃に手を掛ける。それから、ゆっくりと振り返った。

　目の前にＳＳの将校が立っている。巨人のような男で、ロールよりゆうに二十センチは高い。

　どうやらマークされていたらしい。

　ロールは頭をフル回転させた。どこでしくじったのだろう？　どうしてばれたのか？　ここからカフェの連中を観察していたせいだ。こんなところで立ち止まったりするんじゃなかった。

　ＳＳは通りで友人にばったり出会ったかのような笑顔を見せると、町の地図を取り出し、サン・マルコ広場を指でさした。

「ドゥカーレ宮殿はどこですか？《ドヴェ・イル・パラッツォ・ディ・ドージェ》」

　ミッションにあたり、イタリア語の基本フレーズを幾つか学んではいたものの、まったく出てこない。体が震えた。

「どこですか？《ドヴェ》」

　ロールは深呼吸をすると、努めて落ち着いた口調で答えた。思いきり魅力的に見えるように笑顔も添えて。

「わかりません。《ジュ・ヌ・セ・パ》わたしはフランス人なので《ジュ・スュイ・フランセーズ》」

　ＳＳが好奇の目を向けた。

「フランス語は話せますか？《パルレ・ヴ・マ・ラング》」ロールは続けた。

「ほんの少し《アン・プチ・プ》……パリに駐留していたので。《ジェ・エテ・スタシオネ・ア・パリ》ここで何をしているのですか？《ク・フェット・ヴ・イシ》」

　ロールは相手の目を見つめた。

「わたしは、ヴィシー政府の文化使節団の代表の娘です」

　作り話がすらすらと息を吐くように出てきた。ＳＯＥの教官の一人が口癖のように言っていたものだ。木に樹液が流れるように、嘘から生まれる創造力があるものだと。

SSが口を開きかけた瞬間、広場の反対側で号笛が鳴った。SSはため息をついた。

「すみません。戻らないと。どちらにお泊まりですか？　またお会いできませんか？」

「ごめんなさい。育ちのいい若い女性に、そんなこと訊くものじゃありませんわ。さようなら」

SSの執拗な視線を感じながら、ロールは足を速めた。男から遠ざかるにつれ、鼓動はどんどん激しく乱れ打つ。ロールは一度も振り返ることなく、広場を渡りきった。

鐘楼《カンパニーレ》の前まで来ると、ロールは、ヴェネツィアの栄光ともいうべき有名な赤レンガの塔を見上げた。入口で警備員に二十リラ紙幣を渡し、さっそく〝伝説の階段〟に挑みかかる。百メートル近い高さを誇るこのサン・マルコ広場の鐘楼には、これまでたくさんの観光客たちが膝と気力を打ち砕かれてきたという。

十分かかって、ロールはようやく階段を上りきった。顔を火照らせ、鐘室に出る。そのまま辺りに目を配りつつ歩いてみるが、観光客数人と二組のイタリア人家族、ドイツ兵が一人、そして、二人の修道女を従えた司祭がいるだけだ。〝尋ね人〟の姿は影も形もない。おかしい。通路は鐘のぐるりをめぐっているから、見落とすはずがない。ロールは手すりに近づき、下を覗いた。眼下にヴェネツィアが一望できる。ロールは思わず息を呑んだ。

ヴェネツィアの町はまるで森だった。石の森のあちこちからぬっと突き出している大理石の鐘楼。運河の鏡のような水面《みなも》に映える邸館《パラッツォ》の屋根瓦。曲がりくねった路地が織りなす果てしない迷路。まるで人生のようだ……。

そのときだった。突然、ロールはあの男の姿を視界に捉えた。

トリスタンだ。

視線の先にトリスタンが立っていた。煙草をくわえ、石の柱にもたれかかって。黒っぽいスーツを身にまとい、ソフト帽を目深に被って、ロールが近づくのをじっと見ている。

「この時期、ヴェネツィアはローマよりもはるかに寒いですね」トリスタンが小声で言う。

「でも、トリノよりは寒くありません……」

「こいつは驚いたな。ロール・デスティヤック嬢ではないですか。ということは、マローリー大サーカス団に雇われたということかな？　団長はどうしました？　一緒ではないんですか？」

「ロンドン残留組よ。やむを得ない事情で。残念だったわね」

「いや、そんなことはない。こうしてまたあなたと会えたわけですから。なにせ最後にお会いしたときは、少々バタバタしていましたし。俺はだいぶ嫌われていたようだし」

「人間のクズのナチスにしっぽを振るフランスのイヌと仲よくしろというほうが無理でしょ。あなたはたいした役者ね。脱帽するわ、マルカスさん。それとも、ジョン・ディーさんと呼んだほうがいいのかしら。偽名ばっかり使っているから、わからないわ」

トリスタンはわずかに眉をひそめた。

「その名前を知っているんですか……」

「ええ。トリスタンというのは本名なの？」

「さあ、どうかな」

先ほど見かけたドイツ兵が広場の写真を撮りながら近づいてきた。トリスタンがロールの腕を取り、二人は場所を移動した。

「そちらは全部で何人いますか？」

「リーダーにメンバー四人。それに、ディ・ステッラ伯爵の仲間がいる。一ダースほどにはなるかしら」

「一ダース……冗談でしょう？　町中ファシストとナチスであふれ返っているのに？　あともう数時間もしたら、ヨーロッパ最凶の犯罪者ムッソリーニとヒトラーが狂犬の群れを引き連れてやって来るんですよ。十人かそこらで太刀打ちできるような相手じゃない。そんなゲーム、考えただけで気が変になりそうだ」

「やってみる価値のあるゲームでしょ？　あなた、モンセギュールの洞窟ではうまく立ちまわったじゃない」

「それはそうだけど。ところで、あのレリックは今どこにあります？」

「安全な場所よ……とても遠いところ」

「よかった」

よかった？　この男までがそんなことを言うか。やりきれない思いでロールは言い返した。

「そうね、よかったわね。あのレリックが何かしら戦況を変えたとは思えないんだけど、まあ、それは置いておくわ」

「まさにドイツがソ連に侵攻したではないですか？　敵が東部に矛先を向けてくれたことで、イギリスは奇跡的に救われた」

「あなたまでがレリックの力を信じているわけ？　あなたがたって、よくよくおめでたいわね」

トリスタンがロールの腕を掴んだ。

「冗談を言っている場合じゃないんだ。あなたの理解を超えた力が存在するんです。すべてを凌駕する力が。そのレリックをナチスの手に渡すまいとして命を落とした人がいるんですよ。あなたのお父さんだってそうだ。お父さんはその力を信じていたんだ」

なによ、こんなはずじゃなかったのに……。ロールはトリスタンの手を振りほどいた。結局、久しぶりの再会は意にそぐわない形になってしまった。

「どうも。別に思い出させてくれなくてもよかったのに。そのことを知るのと引き換えに、こっちは血の代償を支払ったんですからね」

怪しい雲行きになったところで、トリスタンが声を和らげた。

「すみませんでした。でも、俺たちのミッションは待ってはくれない。よく聞いてください。俺は三つ目のレリックがどこにあるのか知っています。それを回収する方法も。ただし、生きて帰れる可能性は限りなくゼロに近い」

ロールは驚いてトリスタンを見た。

その視線には応えず、トリスタンは黙って街を眺めた。ここまでの経緯がフラッシュバックのように蘇る。アーネンエルベの古文書保管庫で、トリスタンは長いこと地図と睨めっこしていた。エリカと二人で探索するのにちょうどよさそうな場所を探していたのだ。そう、行って中を探しまわったところで何も見つからない場所だ。そうして白羽の矢を立てたのが、パラッツォ・ブラガディンだった。どの部屋も床から天井までフレスコ画で埋め尽くされている。いかにも何か隠されていそうな場所であり、調査で時間を潰すにはうってつけだ。場所が決まると、架空の宝探しを想定し、作り話で辻褄を合わせた。ゲッベルスがヒトラーのヴェネツィア訪問を発表したとき、千載一遇のチャンスだと思った。この好機を逃す手はない。こうして偽の手がかりをでっち上げ、みんなをここまで導いたのだ。

「レリックはいったいどこにあるの?」ロールが訊いた。

トリスタンはにやっと笑った。

スワスティカは、長きにわたりクレタ島に眠っていた。そして、騎士にして修道士のアマルリッヒにより、スワスティカの在りかの謎を解く巧妙な手がかりが残されていた。ところが、トリスタンたちよりも先にスワスティカの存在に気づいていた人物がいる。その人物によって世界の様相は一変した。しかし、誰もその事実を知らない。その人物は年老いて、今ではすっかり世間から忘れられている。あの冬の晩、修道院でトリスタンに話を聞かせた男、ランツ——ヒトラーを作った男だ。

「誰も探しに行かない場所ですよ。フューラーのフラワーホールです」

五三

一九四一年十二月
ヴェネツィア
リド島
パラッツォ・デル・シネマ

『タンホイザー』は第三楽章の最終に差しかかった。金管楽器と弦楽器がせめぎ合い、怒濤の響きとなって広がっていく。最後に指揮者のタクトが宙でくるりと回り、演奏はピタリとやんだ。指揮者は汗で額を光らせ、両手を震わせている。

パラッツォ・デル・シネマの広大なレセプションホールのコンクリート壁に、割れんばかりの拍手が鳴り響いた。この建物は戦争が勃発する一年前に造られ、ヴェネツィア国際映画祭（注2）をはじめ、社交パーティーや芸術の催事の会場として使われており、今やイタリアの新しい顔となっている。研ぎ澄まされたモダニズム建築は男性的で力強く、華美な装飾を一切排しており、ドージェの時代の由緒正しい建造物とは対照的である。ファシストたちの目には、手の込んだ昔の石造りのパラッツォは時代遅れに映っているのだろうか。

このすっきりとしたデザインの建物で、今宵人々の拍手喝采を浴びるのは映画スターなどではない。場内の視線が一斉に最前列に座る二人の独裁者に注がれる。まず、ムッソリーニが立ち上がり、聴衆の歓声に応えた。燕尾服を着ているときでさえ、お決まりのポーズを崩そうとしない。顎を上げ、口角は下げたまま、尊大な視線を人々に向ける。それから、満足げにビリヤードボールさながらにつるつるの頭で何度か頷いた。続いて、ヒトラーが立ち上がった。あたかも今夜の演奏の指揮者は自分であるとでも言うかのようだ。その顔は晴れやかで、目は輝いている。どんなときであれ、ワーグナーはヒトラーに無上の喜びをもたらすのだ。

ヨーロッパ最強の権力者と、自らもそれに比肩しうると信じて疑わないイタリアの独裁者は、聴衆のほうを向いて握手を交わした。ムッソリーニは過剰な笑顔を作り、いつもながらの熱烈な歓迎ぶりだ。ヒトラーのほうもまんざらでもない様子である。それもそのはず、二時間に及んだ会談の中で、ムッソリーニは次々と提示されるヒトラーからの要求をことごとく受け容れる気前のよさを見せていたのだ。

ロシア派遣軍の増員。在リビア・ドイツアフリカ軍団への援軍強化。ドイツ国内の反ナチス派の司教らを抑えこむため、教皇ピウス十二世に働きかける。イタリア国内の反ユダヤ人法の厳格化。それらの要請をすべて承諾したのである。もとより検討の余地はなかった。ファシスト軍によるギリシャ侵攻に失敗し、窮地に立たされたムッソリーニを救ったのは、ほかでもないヒトラーなのだ。スパルタとアテネの末裔からの猛烈な反撃に遭い、防戦一方だったイタリア軍は、五十万を超えるドイツ兵、千台の戦車、数百機の戦闘機という援軍を見たとき、どんなにかほっとしたに違いない。結局、ギリシャの戦いはヒトラーに勝利をもたらし、ムッソリーニに敗北感を残した。その結果、二人の独裁者の力関係には大きな変化が生じ、ムッソリーニは不利な立場に立たされたのだった。

客席の四列目に座り、トリスタンもエリカと並んで拍手を送っていた。エリカが体を寄せ、耳もとで囁く。

「どうしてかしら。あなたの拍手には、なんとなく心がこもっていない気がするのよね」

「そんなことはないさ。本当にすばらしい演奏だった。演奏に限らず、ほかも……」

「さあ、どうかしら。町を歩きまわって、推理力は戻ってきた?」

「ああ……すごく有意義に過ごせたよ」

エリカが訝しげな視線を向けた。

「なんだかやけに嬉しそうじゃない。ヴェネツィアの魅力にはまったく恐れ入るわ。ねえ、社交的なお付きあいは早めに切り上げて、ブラガディン邸の調査に戻らない?」

トリスタンは首を横に振った。

「まだいいじゃないか。フューラーと同席できる栄誉なんてめったに預かれるもんじゃないからね。もう少し楽しむことにするよ」

拍手万雷のなか、ゲッベルスが壇上に上がり、指揮者の手を力強く握りしめた。ゲッベルスは喜びに浸り、勝利を噛みしめていた。フューラーのヴェネツィア訪問は大成功だ。楽団員の差し出すマイクを受け取ると、聴衆が静まり返った。

「われらが親愛なるレニ・リーフェンシュタール監督の『オリンピア』(注3)が受賞した栄えあるヴェネツィア国際映画祭の殿堂の舞台に、こうして再び立てることは、なんという喜びでありましょう」

ゲッベルスは満面の笑みを浮かべてそう述べると、最前列に座る二人のほうを向いた。

「フューラー、ドゥーチェ。お二人が堅苦しい挨拶を望んでおられないのは承知しております。わたくしはただ、お二人への敬意を表したこのささやかな夕べに、貴重なお時間を割いてご出席くださったことに感謝申し上げたいのです。わたくしどもを勝利へ導くために、ご両名が日々どれほど身を粉にして働いておられるか、みなが存じております。願わくは、枢軸国にさらなる栄光を……。それでは、みなさま、隣の広間に用意しておりますビュッフェへお進みください」

再び拍手が沸き起こった。ゲッベルスは、離れて座るヒムラーをちらりと見た。先刻、ヒムラーがフューラーと何やら長々と話しこんでいたことは知っている。フューラーとの蜜月ぶりは癪に障るが、今はただの部外者にすぎない。今宵、スポットライトを浴びているのはこの自分なのだ。

隣室へ移動する人波で場内はざわざわしている。それを掻き分けるようにして、ディ・ステッラ伯爵が近づいてきた。

「ありがとうございます、ドクトル・ゲッベルス。すばらしいご挨拶のお言葉でした。ところで、つかぬことをお尋ねしますが、なぜベルリン・フィルハーモニーではなく、ウィーン・フィルハーモニーを呼びよせたのでしょう？」

「フューラーはオーストリアでお生まれになり、その美しい都でワーグナーの音楽に出会われました。ウィーン・フィルはフューラーがいたくお気に召されている楽団で、百二十三名の楽団員のうち、六十名がドイツ国家社会主義労働者党の党員資格を有しています。彼らはアーリア人文化の大きな誇りです。音楽は大衆を導く抜群の媒介となりうるのです」

「そうなのですか？」

「ええ、そうですとも。わたしは今、クラシック音楽で使用される標準音叉（注4）について、ドイツ基準の周波数を全ヨーロッパに定着させようとしているところです。われわれは四三二ヘルツから四四〇ヘルツに上げたのです」

「どうしてまた？」

「われわれの学術機関アーネンエルベの研究によれば、この周波数が規律性を整えるのに効果的だからです。音楽が脳の皺の奥の奥に届いて、その活動を調節するのです」

怪しいものだが、伯爵はそれをおくびにも出さず、大きく首を振って頷いた。

「ほう、それは知りませんでした……。ところで、どうしてフューラーお気に入りの指揮者、フルトヴェングラーは呼ばれなかったのでしょう？」

ゲッベルスは顔を曇らせた。

「われわれの国ではこんなふうに言われています。ボルシェヴィキの喉に突き立てたナイフは抜くな、と。マエストロは、直前になって出演を取り消してきたのです。表向きには風邪だということですが、わたしはまったく信じていません。彼が党に忠誠心を抱いているかと言えば、甚だ疑問ですから。きっと、フューラーやドゥーチェとともに舞台に上がるのが嫌だったのでしょう」

「しかし、昨年、マエストロはフューラーの面前で見事な演奏を披露したと聞いていますが」

「ええ、確かに。彼が秘かにユダヤ人音楽家たちを助けていたという事実さえなければね。まあ、抜け目のない男ですが、逃しはしません。来年、フューラーの誕生記念コンサートを開くつもりです。あらかじめ召喚しておけば、フルトヴェングラーも断れないでしょう。病気だと言いはるなら、わたしのかかりつけの医者に連れていきます。拒否をすれば、即刻強制収容所送りです！」

二人の前をシャンパングラスの並ぶトレイを手にした給仕が通りかかった。ゲッベルスがグラスを取る一方、伯爵はビュッフェに向かう人々をじっと見ていた。

「いずれにせよ、ローマでもミラノでもなく、このヴェネツィアを選んでいただけたのはたいへんありがたいことです」伯爵が言った。「町中のファシストたちが光栄に思っていますよ」

するとそこへ一人のSS将校が近づいてきた。背が高く、細身で、奇妙なくらい目を細めてこちらを見つめている。自分こそが会場の支配人であるかのような、恐ろしいほどの自信に満ちあふれた様子だ。

「これは、これは、ハイドリヒくん。ヒムラー長官の目となり耳となり、八面六臂《はちめんろっぴ》のご活躍のようじゃないか」ゲッベルスは声をかけた。「演奏会を楽しんでくれたかね?」

ラインハルト・ハイドリヒは、ゆうに頭一つ分は小さいゲッベルスを冷ややかな眼差しで見下ろした。〈小人〉の言葉に皮肉を感じとったのだろう。

「楽しませていただきました。わたしの好みからすると、弦楽器のパートにはもう少し繊細さが欲しいところですが」

「ああ、そうだった。きみは熱心に仕事に励む傍ら、暇を見てはヴァイオリニストとしても活動しているそうだね。きみにディ・ステッラ伯爵を紹介しよう。今夜の会を催すにあたって協力してもらった御仁だ」

「親衛隊大将にはすでにお目にかかっています」

伯爵がそう言うと、ハイドリヒは頭を下げた。

「ドクトル・ゲッベルス、フューラーの旅の警護はわたしに一任されていることをお忘れでしょうか。わたしはこちらの伯爵とともに、すべての招待客と関係者の一覧を確認し、会場周辺を回って入念に検分したのです」

「ああ、その手の話はもう結構」ゲッベルスは露骨にあくびをしてみせた。「用心棒の仕事なんぞに興味はない。わたしは高尚な文化の話がしたいのでね。申し訳ありませんが、伯爵、わたしは友人に挨拶しに行かねばなりませんので、これで失礼を」

ゲッベルスは二人をその場に残し、トリスタンと雑談するエリカのほうに向かった。

「フォン・エスリンク嬢、しばらく一緒にいさせてくれ！」

そう言うと、ゲッベルスはエリカの手に恭しく接吻した。

「どうなさったのです、ドクトル？」

ゲッベルスは軽蔑するような視線をハイドリヒのほうに向けた。

「あの不吉な男のせいだよ。あいつが姿を見せるだけで、そこにいる全員が逮捕されるのではないかとひやひやしてしまう。まったくヒムラーは凄い人選をしたものだ」

エリカはトリスタンを紹介した。

「こちら、同僚のフランス人、トリスタン・マルカスです。彼の話なら、きっとお気に召すと思いますわ。彼も調査団で重要な役割を担っていますの」

「フランス人か。おおいに結構。アーリア人の純血種が見られないのが玉に瑕《きず》だがね。少なくともきみはユダヤ人ではないのだろう、マルカスくん？」

トリスタンは笑みを浮かべてゲッベルスと握手した。黒々とした髪をポマードで固めた〈小人〉は、人類の理想を標榜するアーリア人の理想形を具現しているとはお世辞にも言いがたい。

「たぶん。しかし、ユダヤ人でないとも言いきれません。なんだか、よくわからなくなってしまいましてね」

「わからないとは？」

「ドイツの人たちの中には、純粋なアーリア人でありながら背が低くて毛髪の黒い人がいますよね？　逆に、ユダヤ人でも旬を迎えたトウモロコシの穂にも劣らないほどの金色の髪を持ち、ギリシャ彫刻のような体軀の人もいます。まったく、どこに境界線を引いて分類すればいいものやら……。科学的に考えるなら、人種差別に基づく生物学的議論よりも考古学のほうが、わたしの性に合っています」

エリカが睨みつけた。ゲッベルスは身長を高く見せようと踵を浮かせるように立ち、その姿が襲われたニワトリのように見える。

「それはフランス流のユーモアと捉えていいのかな？」

「ユーモアだなんて滅相もありません」トリスタンはうそぶいた。「わたしはフューラーに深い敬意を抱いているのです。フューラーが成し遂げられたことには驚きと称賛の念を禁じ得ません。思い起こせば、一九一八年、屈辱に満ちた敗戦を喫した数百万の民は仕事もなく、ボロをまとい、貧しさの中で辛酸をなめ、絶望し……」

「もうわかったから」エリカが苛々したように遮った。「つまり、何が言いたいの?」

「そんな哀れな負け組にブーツとヘルメットをあてがい、統制の取れた勝ち組へと変えた、その手腕たるや……。いえ、わたしはおもねっているわけではありません。フューラーはなんと非凡なかたなのでしょう。オリーブ油とひまし油(注5)をすり替えてしまうようなイタリア人を率いるドゥーチェもまたすばらしい。残念ながら、フランスはそのような人材には恵まれませんでした。そのために、手ひどくやられてしまいました。しかし、ありがたいことに老元帥が対独協力《コラボラシオン》の道を開いてくれました。われわれもあなたがたに倣うことができそうです。もちろん、ドイツのみなさんの足もとにも及びますまいが……」

皮肉には気づかない様子で、ゲッベルスが述べた。

「やあ、マルカスくん。きみの言葉はわたしの心にまっすぐ届きましたよ。一つ言わせてもらうなら、おたくのペタンには決定的に欠けているものがある。それは神性だよ!」

「ほう、神性ですか」

「よく見たまえ! フューラーとドゥーチェはもはや人間ではなく、神の域にあるのだ。

ともに、何百万という民から畏れられ、崇拝されている。その力に限界はない。その意思は全人民を動かす。ナチズムもファシズムも、古代の宗教の信仰のようなものだ。お二人は新しい時代の神々なのだ。なにしろご婦人がたはフューラーやドゥーチェと目が合っただけで気を失ってしまうくらいだからね。フューラーの神格化は、わたしがおおいに働きかけた成果でもある。プロパガンダとは、大衆の崇拝を司る、いわば一つの布教活動だとは思わないか?」

「ドイツの強みは、てっきりパンツァーとメッサーシュミットにあるものと……」

「それは違う! 産業の力がすべてだとは思わないでほしい」ゲッベルスは声を上ずらせた。「きみたちフランス人は、なんでも理屈で考えようとするきらいがある。ルイ十六世が断頭台の露と消えてから、君主の絶対的崇拝は失われた。啓蒙思想があなたがたを堕落させ、統治者との絆を肉体的にも精神的にも断ち切ったのだ。われわれの崇拝とは、一個人に対する敬慕をはるかに超えたものである。われわれはフューラーを神聖視しているのだ。神のためなら命を犠牲にすることも厭わない。そういう思いなのだ」

突如、奥のほうでガラスの割れる音がした。隣室が騒然となった。その中でひときわ高い怒鳴り声が聞こえる。

ヒトラーだ。

五四

一九四一年十二月
ヴェネツィア
リド島
パラッツォ・デル・シネマ

接客係の若い女は身をすくませていた。足もとにはトレイが転がり、割れたグラスの破片が大理石の床に散乱している。その傍らで、ヒトラーが上着の襟に広がるワインの真っ赤な染みを呆然と見つめていた。やがてヒトラーは顔を引きつらせて視線を上げた。今にも全世界を粉砕しそうな形相だ。

そこにいる全員がヒトラーの怒声を聞いて会話をやめ、固唾を呑んで見守っている。ハイドリヒの命令で二人のＳＳ隊員が駆けつけ、娘の腕を摑んだ。まるで、娘がフューラーの殺害を図ったとでもいうような権幕である。

ムッソリーニが沈黙を破り、取り乱した娘を口汚く罵った。娘はたどたどしく謝罪の言葉を口にするが、声が震え、ほとんど何を言っているのか聞き取れない。

するとディ・ステッラ伯爵が進み出た。

「この粗忽者《そこつもの》の不調法をお詫びいたします」伯爵が言った。「この者は、わたしの料理人の妹でございまして」

ムッソリーニはふんぞり返った。

「本当は実の娘なのではないか？　いずれにしろ、犯した罪に変わりはない！　その女を銃殺刑に処す」

伯爵はムッソリーニに近寄った。

「どうかお許しを。まだほんの子どもではありませんか。わざとやったわけではありますまい」

それから、ヒトラーのほうを向いてドイツ語で話しかけた。

「フューラー、何とぞご寛大な処置をお願い申し上げます。あなたさまがイタリア国民を愛してくださっていることを承知のうえでお願いしております」

ヒトラーはわずかに表情を和らげ、通訳に耳打ちした。通訳は頷くと口を開いた。

「フューラーはこのようにおっしゃっています。たいしたことではない。この上着で食事をするわけにはいかないので、ホテルから替えの上着を持って来てほしいと。そして、ヴェネツィア訪問の記念すべき祝宴の席だというのに、うら若きイタリアの乙女を銃殺するなど、ひじょうに愚かで嘆かわしいことだ、とも」

その言葉を聞くと、一同は思いもよらぬヒトラーの温情に称賛の拍手を送った。

「すぐに使いをやらせましょう」ムッソリーニが言った。「幸い、お泊りになっているホテル〈エクセルシオール〉は目と鼻の先ですから。伯爵に用意させたホテルですが、ちょうどよかったですな」

ハイドリヒが伯爵に近づいた。尖った顔にうっすらと笑みを浮かべている。

「差しつかえなければ、あの者を尋問させていただきたいのですが」

「なんのためにです？　緊張のあまり手が震えただけでしょう？」伯爵は言い返した。

「保安上、一通りの手続きを踏むことになっていますので。いや、たいしたことはしませんよ……それほどはね」

その最後の言葉にディ・ステッラ伯爵は背筋が凍った。

トリスタンとエリカは事の顚末を遠巻きに見ていた。トリスタンはエリカの耳もとで囁いた。

「フューラーって意外と大きくないんだな。あれじゃあ、SSの隊員にはなれないね」

「でも、やろうとしていることは大きいわ」エリカが答えた。

「確かにそうだ……。失敬、ちょっと用足しに行ってくるよ。あとでビュッフェで落ちあおう」

トリスタンはエリカに背を向けると、レセプションホールを出た。それから、ロールとの待ちあわせ場所へ急いだ。地下一階の厨房脇の倉庫で、ロールはゴミ箱にもたれて待っていた。会場で働く掃除係と同じ青い仕事着を着ている。

「あなたにその恰好は似合わないな。ワンピース姿のほうがいいですよ」トリスタンはにやりと口もとを歪めた。「それに、ここはサン・マルコ広場の鐘楼《カンパニーレ》みたいにロマンチックでもないし」

「そちらのお連れさまのぞっとする制服より、こっちの作業着のほうがよほどましだけど」

「まったく、少しくらいユーモアのセンスがあっても……。まあいい。あまり時間がありませんでも、それで十分なはずです。ヒトラーは今から十五分後くらいに着替えるでしょう。ディ・ステッラ伯爵が、着替える部屋のスペアキーを用意してくれました。ヒトラーが着替える際に、伯爵が注意を逸らしてくれることになっています」

ロールはトリスタンの腕を取った。

「計画変更よ」

「えっ？」

「今、フレミング隊長とメンバーが地下二階に爆発物を仕掛けているところ。ヒトラーとムッソリーニを暗殺する。そう命じられている」

「なんだって？　そんな馬鹿な！」

「わたしもさっき知らされたばかりよ。チャーチルが海軍にこの任務を委ねた理由がやっとわかった……」

トリスタンはロールの肩を摑んだ。

「隊長のところへ連れていってくれ！　早く！」

「わかったから放してよ」

トリスタンは慌てて手を放した。

「こっちよ。来て」

二人は裏階段を駆け下り、映画のポスターの保管倉庫の中を通った。床に映画スターたちが横たわり、埃にまみれている。マレーネ・ディートリヒ、ゲイリー・クーパー、エリザ・セガニ、ヴィットリオ・デ・シーカ、グレタ・ガルボ……。いずれも、戦争が勃発する前に映画の宣伝に訪れていた面々だ。トリスタンは『ユダヤ人《ユート》ズース』のポスターを見つけると踏みつけてやった。ゲッベルスが製作したドイツの反ユダヤ映画で、一九四〇年にヴェネツィア国際映画祭で公開された作品だ。

「急いで。わたしがいないことに誰かが気づいたらまずいわ」

二人はさらに別の階段を通って、広大な地下ピットに出た。天井が低く、体を屈めて歩かないといけない。百メートルほど先のピットの最奥部に、特殊部隊のメンバーたちの姿があった。支柱の一本を取り囲むように寄り集まっている。

　ＳＡＳの一人が細心の注意を払いつつ、壁に取りつけたダイナマイトの束に時限発火装置を繋ぐ。ＳＡＳは体を起こすと汗を拭った。

「セット完了です。すべてが完全に爆発すれば、あとには骨と塵くらいしか残らないでしょう。空母一隻吹っ飛ばすほどの威力です。隊長、タイマーの設定はどうしますか。最初の爆発の熱でほかの雷管にも着火するようになっていますが」

「まだ待て」フレミングが言った。「ヒトラーが確実にこの上にいることを見極めてからにしたい。着替えて会場に戻ってくるまで待つ。なにしろ奴は悪運が強くて、何度も死に損なっているからな」

「ということは、何度か暗殺計画があったのですか？」ＳＡＳが訊いた。

「ああ。すべて失敗に終わっている。奴が土壇場で予定を変更したせいでね。最近では、一九三九年のミュンヘンのビアホール爆破事件がある。演説中のヒトラーを暗殺しようと、ある男が時限爆弾を仕掛けた。しかし、予想に反し、ヒトラーはベルリンに移動するために早めに演説を切り上げた。そして、爆発の十三分前にビアホールを後にした。十三分だぞ。この十三分で、歴史の流れは変わっていたかもしれないんだ。その二の舞を演じたくはない」

「いったいどういうことですか、その爆弾は？」

トリスタンはメンバーたちの背中に声をかけた。不意を突かれ、全員がびくっとする。

「落ち着いてくれ」フレミングが言った。「これは首相命令なんだ。野郎どもの抹殺を命じられている。そちらのミッションには影響がないはずだ。だから、そのレリックとやらを回収してくればいい。しかし、残り時間が少ない。大丈夫か？」

「あんたはわかっていない！」トリスタンはフレミングの襟を摑んだ。「レリックを手に入れる前にそいつが爆発したら、すべてが水泡に帰す。俺はこの作戦のために、何年もかけて動いてきたんだ！　ディ・ステッラ伯爵だって、ヒトラーにワインを引っかけた娘だって、みんな命を危険に晒してまで作戦を成功させようとしているんです。あんたは軽く考えすぎている！」

「その手を離せ。ヒトラーとムッソリーニの排除は、そちらの……考古学的調査よりも優先されるべき事項だ。それから伯爵は、こちらの任務の最終目的を承知している。タイミングを見計らってレセプションホールを離れるはずだ」

「ドイツ人やイタリア人が子羊のようにおとなしくなるとでも思っているのか？　ヒトラーが死んでも、別の誰かが取って代わるだけだ。ゲーリングか、ヒムラーが。SSがドイツを牛耳ることになってもいいのか？　それどころか、勢力バランスを左右するスワスティカを手に入れることもできない」

フレミングは拳銃を抜き、狙いをトリスタンの額に定めた。

「親愛なるジョン・ディー、トリスタン・マルカス、あるいはほかに名前があるのかもしれないが、上に戻りたまえ。時間がなくなるぞ。貴重な時間が」

「あんたは事の本質を理解していないんだ。フレミング、それでもプロか！」

フレミングが拳銃の撃鉄を起こす。

「言うことを聞け！　断るなら、このブローニングの一発を捧げよう、きみだけのために《フォー・ユア・アイズ・オンリー》ね」

二人は睨みあった。ロールがあいだに割って入り、フレミングに銃を下ろさせた。

「いい加減にしてください！　もっとお互いに協力しあってもいいんじゃないですか。トリスタン、どれくらいの時間が必要なの？」

「替えの上着が届くタイミング次第だが、三十分くらいだろうか……」

ロールがフレミングに向かって言った。

「隊長、認めてあげてください。どっちみち、ヒトラーは着替えを済ませない限り、祝賀会の会場には入らないでしょうから」

「いいだろう。三十分だけ猶予を与える」フレミングが答えた。「ターゲットが会場にいることが確認できたら、タイマーを十分にセットする。きみたちは、脱出用の船に向かってくれ。そこで落ちあおう。船はリドの浮き桟橋に着けてあるはずだ。救護所の前だ」

トリスタンは最後にもう一度フレミングを睨みつけてから、その場を後にした。

ロールはその背中を追った。

「鐘楼《カンパニーレ》で会ったとき、あなたはすでに知っていたんですね」

トリスタンは足を速めながら言った。

「隊長から聞かされたときは、正直驚いたわ。マローリー司令官も知らないはず。海軍情報部の人間が特殊部隊の指揮官に任命された理由はこれだったのよ」

「あなたは上手に嘘をつく。ＳＯＥの訓練の賜物ですね」

二人は地下ピットを抜け出すと、階段を駆け上がった。

「じゃあ、あなたは誰のことも信用しないわけ？」

「ええ。だから、まだ生きていられるんです。あなたもそうするといい」

五五

一九四一年十二月
ヴェネツィア
リド島
パラッツォ・デル・シネマ

ロールと別れると、トリスタンは祝賀会の会場に入っていった。中では給仕たちが忙しなく動きまわっている。中央にビュッフェがあり、豪勢な料理の数々があふれんばかりに並べられていた。ふん、とトリスタンは鼻で嗤った。どうやらヒトラーが菜食主義者であることをイタリア人に知らせようとは、誰も思いつかなかったらしい。緊張は高まる一方だが、周囲を観察し、考察し……そして、茶化す余裕ならまだあった。それがトリスタンの強みである。おかげで、どんな局面でもプレッシャーに押しつぶされることがないのだ。

会場のごてごてした装飾は悪趣味極まりなかった。四方の壁には鉤十字とファスケスの垂れ幕が交互に張りめぐらされている。正面には二人の独裁者の巨大な肖像画が飾られており、それを燭台の光が照らしている。まったく、安っぽい映画セットを見るようだ。

やや離れたところにゲッベルスと話すエリカの姿を認め、トリスタンは即座に方向転換して、バーに向かった。エリカがこちらに気づいて、顔をこわばらせるのがちらりと見えた。〈小人〉と二人きりにさせるとは、なんと薄情な男かと思っているに違いない。

バーでカクテルを品定めしていると、ディ・ステッラ伯爵がそっと合図をよこして、隣に並んだ。

「どちらにいらしたのですか？」伯爵が張りつめた口調で言う。「今しがた替えの衣装が届いたところです。間もなく、ヒトラーが着替えのために上の部屋に向かいます。それから、ハイドリヒが接客係の女性を尋問しています。もし、手荒な手段に出た場合、憂慮すべき事態に……」

「申し訳ありませんでした。今さっき、フレミングがリドの半分を吹きとばそうとしていることを知ったものですから」

「わたしも聞いています。それに関しては、わたしは反対する立場にありません。爆破前にレリックを回収できるかどうかは、あなたにかかっている。覚悟はよろしいですか？」

「覚悟ならできていますよ。何年も前から……」

伯爵は思わずトリスタンをまじまじと見つめた。自分には独裁者と闘う明確な動機がある。しかし、この男はいったい何のために……？　だが今はそれを確かめている場合ではない。

「いいですか。ヒトラーの控室は三階です。この鍵でその真下の二階の部屋に忍びこんでください。わたしが三階に行って、控室から付き人をおびき出します。そのあいだに……」

伯爵は言葉を発するのを恐れるかのように、声を落とした。

「内階段を使って上まで来てください。獅子が目印です……」

その頃、フレミングも会場入りしていた。ドイツ国防軍《ヴェアマハト》大尉の制服に身を包み、片眼鏡を嵌め、本物以上に本物らしくて非の打ちどころがない。上着には一級鉄十字章が輝いている。フレミングはドイツ軍の儀礼に則り、上級将校たちの前で踵を打ち鳴らしてから、バーに向かった。シャンパンを頼み、グラスを撫でながら様子をうかがっていると、ディ・ステッラ伯爵が会場を出ていった。ほどなくして、ジョン・ディーも出ていくのが見えた。ジョン・ディー——そう、こちらのコードネームのほうが、トリスタンよりも好ましいと、フレミングは思う。〝トリスタン〟(注6)というと、どうしてもあの退廃的なオスカー・ワイルドの小説の主人公ドリアン・グレイを連想してしまう。一時《いっとき》愛した娘から〝魅惑の王子《トリスタン卿》〟と崇められていたドリアンは快楽主義に走り、自らの邪悪な過去を忘れようとアヘン窟に向かうのだ。そんな堕落しきった男のイメージは、あのフランス人にはかけらも見られない。それどころか、ろくでもないレリックを手に入れるために命を危険に晒している。彼をそこまで駆りたてるものはいったいなんなのか？　とても正気の沙汰とは思えない。海軍情報部部長の執務室に呼ばれ、今回の任務について聞かされたときは耳を疑ったものだ。ファシスト政権下のイタリアで特殊作戦をおこなう。それが、不思議な力を持つという怪しげな遺物の回収だというのだから、馬鹿馬鹿しいにもほどがある！しかし、それがただの名目に過ぎないことはすぐにわかった。つまり、マローリー司令官と部下たちは都合よく利用されているだけだったのだ。首相は内々に敵の暗殺命令を下していたのである。

フレミングは、ゆっくりと会場を見渡した。さっそく一人の女性が目に留まった。あれがエリカに違いない。ロールから何度も話を聞かされている。氷のようなブロンドの美女だと。エリカはゲッベルスと親しげに話しこんでいた。パーティー会場で一番美しい女性を見つけるなら、まず宣伝大臣を捜せばいいとまで言われるが、今回もそのようだ。だが、それも今夜限りである。フレミングは内心ほくそ笑んだ。もう間もなく、フューラーの忠臣の〈小人〉が耐えがたい屈辱にまみれるときが来る。そう思うと、のしかかる重圧がわずかに軽くなったような気がした。

フレミングは腕時計を確認した。特殊部隊が地下ピットを出てから十五分経つ。ロールやほかのメンバーたちは、建物の裏手の桟橋で待機する巡視艇にすでに乗りこんでいるはずだ。船はただちにポヴェーリア島に向かい、そこで潜水艦に拾われて、マルタ島まで逃げる手はずになっている。そして、その先でイアン・フレミングを待ち受けているのは輝ける栄光の瞬間だ。祖国に帰還したフレミングは歓喜に沸く民衆に迎えられる。ヒトラーとムッソリーニを掃討した武官！　自由世界に勝利をもたらした、国王陛下の秘密情報部員！

フレミングは矢も盾もたまらなくなった。忌々しいヒトラーめ。早く会場に姿を見せないか。確認したら即地下ピットへ下りて、爆弾のタイマーをセットする。それで、すべての歴史が変わるのだ。たった一瞬で。

もはや武者震いが止まらない。バカラで賭けているときより心臓に悪い。気を落ち着けるため、フレミングはシャンパンの力を拝借することにした。こういうとき、アルコールはいつも頼りになる。

二杯目をお代わりしようとして振り向いた瞬間、誰かにぶつかった。フレミングは相手の顔を見てはっとした。ラインハルト・ハイドリヒ。ヒムラーの右腕だ。海軍情報部のアーカイブスは、この男のおかげで資料や記録があふれんばかりになっている。運さえよければ、この男も、ご主人さまとともにあの世へ送り出してやれそうだ……。

相手は、フレミングを頭のてっぺんから足のつま先までじっくり眺めまわした。その視線が鉄十字勲章の上でぴたりと止まる。やけに新しすぎるとでも言いたげだ。

心臓が早鐘を打ちはじめる。フレミングは頭を下げて丁寧に詫びた。

「たいへん失礼いたしました、親衛隊大将殿」

「お怪我はありませんでしたか、ええと……」

「ドラックスです。第三歩兵師団のヒューゴ・ドラックス大尉です」

フレミングは流暢なドイツ語で答えた。少年時代、夏休みをゲーテの故郷で過ごさせてくれた母親には、感謝するばかりだ。

「これはまた部隊からずいぶん離れたところにおられるようですが、ドラックス大尉。わたしの記憶では、第三歩兵師団は現在ウクライナで展開中のはずですが。ロシアのゲリラ部隊をキエフ東部まで追いつめたところではなかったかと」

フレミングは努めて平静を装った。

「四か月前よりベルリンで任務についています」

「では、連絡将校として司令部に派遣されているということですか?」

「カイテル元帥の護衛隊に配属されています」

ハイドリヒは目を細めた。間近で見ると、どことなく爬虫類を連想させる顔だ。ハイドリヒは冷ややかな声で言い放った。

「本当ですか?　招待客の名簿に貴殿の名前はありませんでした。記憶力には自信があるのでね」

五六

一九四一年十二月
ヴェネツィア
リド島
パラッツォ・デル・シネマ

伯爵から渡された鍵で忍びこんだ部屋は贅沢なスイートルームだった。長いバルコニーはリドのビーチに面している。フューラーの訪問を祝うため、当局の計らいでビーチは照明で照らされていた。あいにく、フューラーは山が好みではあるのだが……。室内はきちんと整えられ、現在誰かが使っているような形跡はないが、黒いレースのネグリジェがソファの上に置かれている。なるほど……。トリスタンは思わず笑みを漏らした。貴賓室のように設えてあるが、実際は施設の支配人がもっぱら愛人に使わせている部屋といったところだろう。この上にあるのはおそらく支配人用のスイートルームで、この部屋とは内階段で繋がっており、人目につかずに逢瀬を楽しむことができるというわけだ。

トリスタンは足音を立てないよう注意を払いながら、ゆっくりと階段を上っていった。

踊り場のドアの前まで来たところで腕時計を確認する。そろそろ伯爵が付き人を追い払ってくれる頃だ。見回すと、確かにそこには獅子がいた。一九四〇年開催のヴェネツィア国際映画祭のポスターだ。群青の空を背景にサン・マルコ広場の〈有翼の獅子〉が円柱の上で咆哮している。自分の巣穴を訪れる女性たちに向けた、支配人からの雄々しいメッセージなのかもしれない。

木製のドアに耳を押し当てると、かすかにシャワーの音がする。とたんに鼓動が速まった。断片的に話し声も聞こえてくる。事務的な声に、怒鳴るような声。声は二種類だ。一つはすぐにわかった。ヒトラーだ。このさして厚みもなさそうなオーク材の板の向こう側に、地上最凶の男がいる。全ヨーロッパを血の海に沈めた男。悪の化身――。

トリスタンは手が震えてくるのを感じた。

なぜ、今になって……。

おかしい。ヒトラーがそこにいるのはわかりきっていたことではないか。それなのに、いざその存在を肌で感じると、体の震えが止まらない。この三年間、どんな試練だって乗り越えてきた。スペインで経験した刑務所、飢え、拷問。絶体絶命の状況から何度も抜け出し、常に死と隣り合わせのなか、二つの顔を使い分けてきた……。それがどうだ。自分は今、威圧的な大人の前に怖じ気づく小さな子どもと変わらないではないか。弱気な自分が情けない。

どうした。しっかりしろ。

トリスタンは深呼吸をして息を整えてから、鍵穴を覗きこんだ。

視界に入ってきたのはヒトラーではなく、ブロンドの親衛隊員だった。茶色の上着に念入りにブラシをかけている。トリスタンは口もとを歪めた。もちろん、ヒトラーの付き人ともなれば、階級が上位の者であるはずだ。とはいえ、〈黒い騎士団〉の一員が世話係に徹している姿を目の当たりにすると、なんとも滑稽でならない。あの男は、SSの制服を着せられた使用人なのだろうか。それとも使用人の仕事をさせられているSSなのだろうか。

と、スイートルームの入口を軽くノックする音がした。付き人は上着をソファの上に置くと、視界から消えた。

トリスタンは目を凝らした。ソファが真正面に見える。その上に染みのついた上着が置かれている。そして、その襟に……あった。古代のスワスティカだ。

胸が高鳴った。

三つ目のレリックがすぐそこにある。あの気の触れた修道士ランツが三十年前、ヒトラーに授けたスワスティカ。すべての力の根源となるものだ。

これで形勢を変えられる。独裁者から力の大本を奪いとれば、パワーバランスは逆転し、自由世界が優勢となる。

スワスティカは、敵方の一つに対し、味方の陣営は二つだ。

トリスタンは再びドアに耳を押し当てた。抑揚のある声の主はディ・ステッラ伯爵だ。何を言っているかは聞き取れないが、一分ほどすると静かになり、ドアの閉まる音がした。


今だ。これを逃したらあとはない。

トリスタンは鍵穴に鍵を差しこみ、そっとドアノブを回した。ドアが静かに開く。シャワーを浴びる音が今度ははっきりと聞こえた。バスルームでヒトラーが体を洗っている。天下の独裁者とて常人と変わりなく、その毛穴からは汗が噴き出すし、老廃物が詰まったり排出されたりするのだろう。だが、その精神からとめどなく滲み出ている毒は、石鹸で洗い落とせるような類のものではない。

トリスタンは辺りに目を配りながら部屋に足を踏み入れた。いつ付き人が戻ってこないとも限らない。鉢合わせしたら一巻の終わりだ。警報が鳴り響き……飛び交う叫び声に怒号……。駆けつけてきた親衛隊に取り押さえられ、床の上にねじ伏せられる。そして、ハイドリヒの前に引きずり出され……拷問の末に待っているのは残酷な死だ……。トリスタンは頭を振った。おぞましいイメージを払いのけ、ソファに近づく。

落ち着け……。

上着を手に取ると、金のスワスティカはフラワーホールに通した革紐で留めてあった。

その革紐を縫いつけてある糸を一気に引きちぎる。そして、外したスワスティカを左手に乗せ、照明にかざした。

よし！

だが、それは毒にも薬にもならないものに見えた。すでに発見されている二つとはまるで違う。モンセギュールやチベットのレリックのほうはもっと大きくて重厚感があった。こんなちっぽけなつまらないものが、あそこまでヒトラーに強大な力をもたらしたとは……。そして、長年にわたりヒムラーはこのスワスティカをヒトラーと向きあうたびに目にしてきたというわけだ。なんと皮肉なことか。

シャンデリアの光に当てるとスワスティカはキラキラと煌いた。まるで光を取りこんでいるように見える。いや、これはつまらないお飾りなどではない。それどころか、何か息づいているような不思議な脈動めいたものが感じられる。

トリスタンは色めいた。

このスワスティカを、そしてほかの三つのスワスティカを作ったのはいったい何者なのか？　しかも、何千年もの昔に？　スワスティカが強大な力を獲得するに至った経緯は？　そのわけは？

手のひらが目に見えない光に照らされているような気がした。スワスティカに自分は選ばれたのかもしれない。世界の運命を変えるために。

かざした手を下ろしたとき、断続的に続いていた水音がぴたりとやんだ。しゃがれた声がする。

「カール、着るものを頼む」

トリスタンはバスルームのドアに目を向けた。

すぐそこに史上最悪の独裁者がいる。ドアの向こう側に。しかも素っ裸で。まったく無防備な状態だ。

ならば……。

トリスタンは右手を上着の下に滑りこませ、ルガーのグリップを握った。ここでヒトラーを始末してしまえば、一石二鳥ではないか。施設を爆破する必要もない。無辜《むこ》の人々をテロに巻きこまずに済む。バスルームに入り、ターゲットの前に立つだけだ。その薄い色の瞳が驚きに見開かれ、自分に向けられた銃口に気づいて怯えるさまをじっくり堪能させてもらおう。恐怖に駆られたフューラーはどんな反応を見せるのか？　情けを乞うだろうか？　足もとにすがりついて？　いや、そんなことはどうでもいい……。とにかくその眉間に弾倉が空になるまで撃ちこんでやる。奴の指令で虐殺された、罪のないすべての人々に代わって。八発の弾丸がその脳を吹っ飛ばし、肉をばらし、骨を打ち砕く。奴の顔は汚物も同然、形をなさず、びしょ濡れの全裸で床にのっぺりと伸びている。情けない死にざまだ。

トリスタンは安全装置を外した。どうしてもこの手で片をつけたい。ヒトラーを始末すれば、世紀の極悪人を葬り去った男として後世に名を残すことになるだろう。あるいは、人類の救世主として。

バスルームのドアを開けるだけでいい。あとは引き金を引くのみだ。

だが、同時に、レリックを持ち去ることはできなくなる。

最初の銃声で、たちどころに見張りのSSと付き人が部屋に駆けつけるだろう。それだけなら倒すことができるかもしれない。いや、自分も手負いになる可能性がある。いずれにしろ、その先には何十人という武装軍団がいて、どこまでも執拗に追いかけてくるはずだ。

とてもロールやフレミングにスワスティカを手渡すことはできそうもない。それどころか、スワスティカはヒトラーの後継者の手に渡り、すべてが振り出しに戻ってしまう。

トリスタンはジレンマに苛まれた。

鬼畜は処刑すべしと理性が命じる。結果は目に見えている。ヒトラーは地球上からいなくなる。

対して、内なる声が囁く。レリックは何物にも勝る。ヒトラーの死よりも。

理性はこの右手――今、銃を握っている。

直感は左手――スワスティカを持っている。

運命の選択を迫られていた。
ヒトラーを殺すか、レリックを持ち去るか……。

五七

一九四一年十二月
ヴェネツィア
リド島
パラッツォ・デル・シネマ

「どうやら軍人の言葉すら信用されていないようですな。曲がりなりにもわたしはドイツ国防軍《ヴェアマハト》の大尉ですぞ。ロシア戦線では鉄十字勲章を受勲しています。まあ、貴殿に申すほどのことではありませんがね」

　ゲシュタポ長官を前にしても、フレミングは微塵も動揺を見せなかった。それどころか、完全に誇り高く傲慢なドイツ人将校になりきっていた。軍将校からすれば、ＳＳなど街頭で騒ぎたてている俗物であり、成り上がり者に過ぎないのだ。人生初の片眼鏡もなかなかどうして堂に入ったものである。いや、そんな程度の印象操作はハイドリヒには通用しないかもしれない。それでも、小道具によって演じる人物のキャラクターが確立し、信憑性が高まるということもある。相手にハッタリをかますときは、とことんまでやり遂げる。決して途中で仮面に綻《ほころ》びを生じさせてはならない。要はどれだけセルフコントロールができるかだ。幸いカジノに出入りして夜通しバカラをやった経験から、どんなことにも耐えうる図太い神経が養われた。ただし、今回は賭けているものが違う。自分の命だ。

周囲では誰もこの二人の不穏な睨みあいに気づいていない。会場の人々の視線は、ムッソリーニに妻のマグダを紹介するゲッベルスに注がれていた。彫刻のように常に笑みを湛えているブロンドのヴァルキューレに、ドゥーチェはいたく感銘を受けた様子である。

「向きになるのはおやめなさい、ドラックス大尉」ハイドリヒが囁いた。「そのような反抗的な態度は、身のためになりませんよ。黙ってついて来てください」

手の内を明かすようにハイドリヒはホルスターの蓋を開け、ルガーのクロスに手をかけた。

「もし、こちらのほうの落ち度であれば、平身低頭謝罪しますよ。わたしとて、こちらの勘違いであってほしい……しかし、わたしの勘が外れたためしはないのです」

フレミングは顔色一つ変えず、切り札を出すタイミングを計るときのように忙しく頭を働かせた。右踝《みぎくるぶし》にはワルサーPPKを忍ばせてある。だが、それを抜くより早くハイドリヒのルガーが火を噴くだろう。そのあとの展開は察しがつく。急所を外して腹を撃たれ、そのままの状態で尋問が続けられるのだ。

フレミングは会場に素早く視線を走らせた。

「出入口はすべて見張られています。これ以上手間を取らせないでください」

そう言うと、ハイドリヒはフレミングの肩に手を置いて出口のほうへ押しやった。その両側にはヒトラーとムッソリーニの等身大の肖像画が飾られている。

フレミングは目を細めた。相手のほうが一枚上手だったのだ。それでもチャンスがあるとするなら、ハイドリヒを突き飛ばして逃げることか。いや、逃げ切れる可能性は無きに等しい。唯一残されたカードは、相手の言うとおりにして時間を稼ぐことだ。そして、万に一つの望みに繋げる。もしかして、もしかしたら、伯爵かトリスタンがゲームに参入してくるかもしれない。

その望みが絶たれたら、そのときはゲームオーバーだ。フレミングは、青酸カリのカプセルを仕込んだ奥歯を舌でなぞった。

「わかりました。まいりましょう。親衛隊大将殿」


廊下に出ると、両脇を二名の親衛隊員に挟まれた。クラーク・ゲーブル、キャサリン・ヘプバーン、ヴィヴィアン・リー……。壁にずらりと並んだ映画スターたちがこちらを見ている。

とにかく冷静でいよう。まだ死ぬと決まったわけではない。フレミングは無理にそう考えようとした。

ここではハリウッド俳優のポスターが撤去されることもなく貼られている。それがフレミングには意外だった。ナチスにおいては、アメリカ映画は唾棄すべきものとされている。そのくせヒトラーは、ベルリンで定期的に上映されるチャップリンの短編映画を楽しんでいるという噂だ。

廊下はいつまでも続くかに思われた。ハイドリヒは先ほど銃に手をかけたが、抜きはしなかった。だが、自分が捕らわれの身となったことは疑うべくもない。フレミングにはこの廊下が死刑台に向かう通路に見えてきた。

「どこまで行くのですか？」フレミングは尋ねた。

「そそっかしくて可愛らしい接客係のお嬢さんのところですよ。今、わたしの部下が尋問しています」

フレミングは顔をこわばらせた。そのとき、不意に廊下にブーツの音が響き渡ったかと思うと、下士官が一人、息せき切って走ってきた。

「大将殿、すぐに来てください！」

ハイドリヒは耳を貸そうとしなかった。

「わたしはこれから聴取がある。速やかに持ち場に戻りたまえ」

「地下ピットで爆弾が発見されました！　何者かがフューラーのお命を狙っています！」

ハイドリヒは即座にフレミングの前に立ちふさがり、隊員に大声で命じた。

「こいつを娘のところへ連れていけ。すぐに尋問を始めろ。こいつが口を割るまで」

　その頃、その二つ上の階のスイートルームで、トリスタンも自らのゲームの最終局面を迎えようとしていた。

　トリスタンが最終決定を下そうとしたまさにそのとき、入口のドアがわずかに開き、床に人影が映った。付き人が戻ってきたのだ。

　ドアの隙間からディ・ステッラ伯爵の声が聞こえる。

「わたくしどものほうであのような不手際があり、なんとしてもお詫びをしなければならないと思っております」

「のちほど会場でフューラーご自身があなたとお話しされますから」付き人が答える。

　トリスタンは拳銃を収めた。遅かった。ヒトラー殺害はもう無理だ。運命がそう判断したのだ。ヒトラーの上着を置いてあった場所に寸分の狂いもなくきちんと戻すと、トリスタンはレリックをポケットの中に入れ、付き人が部屋に入るのとほぼ同時に、通用口から外へ出た。

　伯爵が付き人の腕に手をかけて引きとめた。

「フューラーにはぜひ、わたしが心より敬愛申し上げているとお伝えください」

「必ず伝えましょう、伯爵。それではのちほど」

そう言うと、付き人は伯爵の鼻先でピシャリとドアを閉めた。ヒトラーの声が響いた。

「どうした、カール？」

「たいしたことではございません。ディ・ステッラ伯爵が、閣下にどうしてもご挨拶をと言って聞かないものですから。まったく、イタリア人ときたらマカロニ料理のようにしつこくてかないません！」

「やめないか、カール。われわれの同盟国だ」

「失礼いたしました、閣下」

「服を取ってくれ」


心臓が激しく波打っていた。トリスタンは全速力で内階段を駆け下りた。大切なお護りがなくなったことに、あとどれくらいでヒトラーは気づくだろう？　だが、今はそんなことを考えているときではない。トリスタンは二階の貴賓室を突っ切ると、廊下の様子をうかがった。誰もいない。そのまま一息に下りの階段へと急ぐ。恐怖は去り、高揚感が込み上げてきた。スワスティカを手に入れたのだ！

あとは、これをロールかフレミングに託し、何食わぬ顔でエリカのもとへ戻ればいい。誰からも疑われることはないだろう。よし、上出来だ。またもや、運命の女神は自分に微笑んだのだ。このまま運がこちらの味方でいてくれれば、スワスティカは無事イギリス側に渡り、そればかりか、フレミングも爆弾を爆発させて、ヒトラーとムッソリーニを地獄へ送ることができる。

トリスタンは興奮を抑えきれなかった。この戦いもいよいよ大詰めだ。そして、その世紀の瞬間に立ち会うべく自分は運命に選ばれたのだ。

このテロは両陣営にとって歴史に刻まれる事件となるだろう。ベルリンではフューラーに対するドイツ国民の狂信的な崇拝ぶりを目の当たりにした。エリカのように合理的で理知的な人間でさえ、鉤十字の邪悪な魔力に抗えずにいる。ゲーテの祖国は、ヒトラーという名の悪魔に身も心も捧げてしまったのだ。同じことはイタリアにも言える。

二人の独裁者の死は、イギリスやソ連はもとより、被占領国すべてを歓喜の渦に巻きこむだろう。かたやドイツとイタリアには激しい動揺と怒りが波のように広がるに違いない。

この夜は人々の記憶に永遠に刻みつけられよう。

ある者にとっては至福の夜として。

また、ある者にとっては忌まわしい夜として。

階段の下に立つ女の姿が目に入り、トリスタンは歩を緩めた。女はエリカだった。

「どこまで行ってきたの？」

トリスタンはそろそろと階段を下りた。

「迷ってしまったんだ。トイレは二階だって言われたけど、どこにあるのかわからなくて」

エリカは近寄ると、気味が悪いくらい静かな声で言った。

「それで差し迫って階段を駆け下りてきたということかしら？　まるで何かから逃げるみたいに見えたけど……」

「傍から見ればそうだったかもしれないな」

エリカはまっすぐトリスタンの目を見つめた。

「嘘はやめて」

五八

一九四一年十二月
ヴェネツィア
リド島
パラッツォ・デル・シネマ

フレミングは顔を上げた。下唇が切れ、血が流れていた。先刻より椅子に縛りつけられ、顔面をしたたか殴られている。激しい痛みが怒濤のごとく押し寄せてくるが、何より耐えがたいのは、接客係の娘の泣き叫ぶ声だった。娘は小刻みに震える両手で顔を覆い、床の上で身をよじっていた。やはり激しく出血している。おびただしい血の量だ。ことに右目からが凄まじい。机の上には娘の眼球が置かれていた。その隣にはSS仕様の黒々とした平刃の短剣が並んでいる。刀身に刻まれたモットーの《忠誠こそわが名誉》が白々と光っていた。

それが奴らのやり口なのだ。ハイドリヒ率いるゲシュタポの特異な尋問方法については、訓練中にポーランド人の教官から詳細に教わっていた。眼球をくり抜くのもそのうちの一つだ。抵抗意識を殺ぐために被尋問者の目の前で人質を痛めつける。人質は女性や子どもである場合が多い。何から何まで教官の話のとおりだった。

「名前は？　何が目的ですか？」

三人のSS隊員のうち尋問役が、腕組みをして尋ねる。採用面接でもしているかのように事務的な言葉遣いは、むしろ丁寧過ぎるくらいだ。

「わたしはヒューゴ・ドラックス。ヒューゴ・ドラックス大尉だ。ここには……」

言い終わらぬうちに、拳がこめかみに飛んできた。フレミングは椅子ごと横に倒れそうになったが、すかさず別の隊員がそれを支えた。

「ドラックス大尉の名は招待者の名簿に載っていません。これ以上手間を取らせないでください。その娘がすでに白状しているのです。金をもらって、フューラーの目の前でトレイをひっくり返したとね。話していただけないようなら、別の手段をとるまでです」

拷問役の片割れが短剣を手に取り、フレミングの顔に近づけた。

「答え次第では片目をえぐります。その娘のようにね。駄目なら、もう片方も。その次は、もっと大事な部分を切り取ります」

フレミングは観念した。もはや逃げ道はない。望みどおりの答えを手に入れるまで、こいつらは自分を生きたまま切り刻むだろう。

《拷問に耐えられる者はいない。口を割るのは時間の問題だ》

尋問を想定した強化訓練で、ポーランド人の教官たちは語気を強めてそう言いきっていた。教官らにひとしきり殴られてみたあとで確信したものだ。話を大袈裟にしているだけだと。だが、教官の言葉は嘘でも誇張でもなかったのだ。

もう片方の拷問役がフレミングの頭をがっちり押さえつけた。短剣の切っ先がじわじわと下瞼に切りこみを入れていく。

「わかった。話す」フレミングは言った。「ただし、その娘《こ》に手を出すのはやめてくれ。彼女は関係ない」

「いいでしょう」

尋問役はルガーを抜くと、至近距離から娘の脳天を撃ち抜いた。撃たれた反動で娘の体は跳ね上がり、ものすごい臭いを放ちながら床に崩れた。飛び散った真珠色の脳の破片が壁に貼りついている。

「あなたの願いは叶えられた。これでもう娘に手を出す者はいません。さあ、話してもらいましょうか」

フレミングは激しい吐き気に襲われた。

万事休す。ここでもうゲームを降りるしかない。掛け金すら取り戻すこともなく。ヒトラーを殺した男にはもうなれない。一人で惨めに死んでいくだけだ。自分の名が誰かの記憶に残ることはないだろう。

青酸カリのカプセルを嚙みくだこうとしたそのとき、突然部屋のドアが開いた。戸口に箒とバケツを手にしたメイドが突っ立っている。ひどい痛みにもかかわらず、フレミングは口を歪めて笑いそうになった。まったく運命ってやつは……馬鹿げたお膳立てをしてくれるものだ。悲壮な覚悟で臨む場面がなにやら滑稽なものになってきた。気の毒に、このメイドは毒物による自殺を目撃したあとで吐瀉物まで片づけさせられることになる。

尋問役が振り返って怒鳴った。

「すっこんでろ！」

「すみません……」

バケツが床に落ち、次の瞬間何度か銃声が響いた。

最初に倒れたのはフレミングの後ろにいた拷問役だった。見事に頭を撃たれている。足を開いて膝を軽く曲げ、目の高さに両腕を突き出して、ロールの表情は冷静そのものだった。射撃訓練で最高評価がもらえそうなスタンスだ。すでに転がっている二名の死体がそれを物語っている。ロールが中に入ってきたとき、三人目は背中に被弾して、床の上で蛇のようにのたうち回っていた。ロールはフレミングを縛っていたロープをほどいた。

「ずいぶん追いこまれていたようですね、隊長。メイドに助けられたご気分はいかがです？」

「命令違反だぞ。船に乗って待っていろと命じたはずだ」

ロールはフレミングを助け起こした。

「お礼の一つもないんですか？　わたしは身の安全を確認するために残りました。隊長と……トリスタンの。それ以外は命令どおりです。ほかのみんなは船で待っています」

「わたしは爆破装置のスイッチを押しに行く」フレミングは死体からルガーを取り上げた。

「無理です」ロールが答えた。「地下へ行く経路はすべて封鎖されています。トリスタンは今どこですか？」

廊下でフレミングは一瞬ためらった。だが、もう逃げるしかない。

「わからない。レリックのほうは回収できていると思うが、下手すると、あいつも捕まるぞ。ハイドリヒが緊急で呼ばれていった。すでに敵に爆弾を発見されている」

「早くトリスタンを見つけ出さないと……」

「時間がない。とにかく桟橋まで突っ走れ。あとはトリスタンがそこに来るのを天に祈るのみだ」

二人は駆けだした。

「まったくきみには恐れ入ったよ。まさかあんなことをやってのけるなんて、とても……」

「とても女にはできない真似だと？」ロールは激しい口調で言い返した。トリスタンとここで合流できなかったことがつくづく悔しくてならないのだ。

「女が男のように戦って、敵を殺せるわけがないと思っていました？　じゃあ、ここを脱出できれば、女性に対する見方も少しは変わるでしょうね」

階段の下で、トリスタンはエリカと向きあっていた。もう恋人同士ではいられないことは互いに悟っている。

「通してくれ」トリスタンは言った。

「いいえ。警備隊を呼ぶわ」

「それが何を意味するか、わかって言っているのか？」

「わかっているのは、ブラガディン邸が目眩ましだったということ。そうまでしてもあなたはヴェネツィアに来たかった。何か別の目的があったのよね」

「妄想もいいところだ。エリカ……」

「もう嘘はたくさん！　正直に話して。あなたはその目的を達成するために、わたしを愛しているふりをした。そういうことでしょう？」

キッと睨みつけた眼差しがみるみる潤みはじめる。トリスタンはしばらくそれを見つめてから、エリカのそばに寄った。いよいよ仮面を外すときが来た。いずれはそうしなければならなかったことだ。

「俺はイギリスのために働いている。最初からだ。さあ、正直に言ったから通してくれ」

「行かせるものですか」エリカが答えた。「人をさんざん弄んで、こけにして。今までずっと騙してきたくせに」

　トリスタンはエリカの両手を握った。

　エリカはその手を激しく振りほどいた。

「わたしは、あなたみたいな裏切り者とは違う！　わたしは祖国のために働いている」

「いや、きみは悪魔のために働いているだけだ。自分でもよくわかっているはずだ。きみたちドイツ人は、人類史上最も忌むべき男に権力を握らせてしまった。スワスティカがあのいかれた連中の手に渡るようなことがあってはいけない。奴らとは手を切るんだ」

「わたしは忠誠を誓ったの。あなたのような人にはとうてい理解できないでしょうけどね」

「俺のことが信じられないなら、自分の心に聞いてみてくれ。きみは本当に、ナチスによって全世界が恐怖のどん底に突き落とされてもいいと思っているのか？」

「確かに非難すべき点はある。でも、わたしにとってドイツは唯一無二の祖国よ」

「きみの祖国もきみの未来も、俺に預けてくれないか？　きみ次第でこの状況は変わるんだ。エリカ、戦争を終わらせることができるんだぞ！　俺がこのレリックを連合国側に渡しさえすれば」

　エリカは面食らったようにトリスタンを見た。

「レリックを見つけたの？」

「ああ。ポケットの中にある」

エリカは目を丸くした。

「嘘よ！　また馬鹿にして！　チベットやモンセギュールのレリックはそんなに小さくなかったでしょ！」

トリスタンは首を横に振ると、黄金のスワスティカをエリカの目の前に掲げた。

「小さなレリックだが、ほかのレリックと同じ力を持つ。ヒトラーが上着に着けていたものだ。ずっと前からね」

「でもどうやって……」

「ハイリゲンクロイツ修道院で俺が話を聞いた老僧がいるだろう？　名前をランツという。このレリックはランツが発見し、当時無名だったヒトラーに授けたものだ。そのあとヒトラーに何が起きたかは、言うまでもないだろう」

「信じられない！」

「だから、俺はフューラーに近づく機会をずっと狙っていたんだ。フューラーのヴェネツィア訪問をゲッベルスが発表したとき、俺はお誂《あつら》え向きの囮《おとり》を用意した。それがブラガディン邸だ。さあ、これで全部話したよ」

トリスタンはエリカの肩をそっと抱いた。

「一緒に行こう。数時間後にはヴェネツィアを出られるようにする。イギリスに逃げるんだ。これ以上、悪に加担するのはやめてくれ」

涙が一筋エリカの頬を伝った。

「裏切ることはできない」

「残念だよ、エリカ」

最後にエリカを抱きしめたかったが、もう時間がない。トリスタンはエリカから離れると、周囲を見回して出口を探した。

「レリックは絶対に持っていかせない」

振り向くと、エリカが銃口を向けていた。

五九

一九四一年十二月
ヴェネツィア
リド島
パラッツォ・デル・シネマ

二人は睨みあいを続けた。

「お願い。わたしに引き金を引かせないで。レリックをこっちによこしたら、お仲間のところへ行かせてあげるわ」

トリスタンはかぶりを振った。

「俺は、これをナチスの手に渡すために命を張ってきたわけじゃない」

エリカはルガーを構えなおした。目に深い悲しみの色を湛えている。

「そう。それじゃあ、しかたない……」

そのとき、廊下の奥がにわかに騒がしくなった。

「爆弾だ！　爆弾が見つかった！」

会場からタキシードの男やイブニングドレスの女たちが悲鳴を上げながら、どっと廊下になだれを打って出てきた。エリカがそちらに気を取られた一瞬の隙をついて、トリスタンはその手から拳銃を叩き落した。激昂したエリカがものすごい剣幕で飛びかかってくる。それをとっさにかわすと、エリカは勢い余って前につんのめり、転んだ拍子に壁に頭を強く打ちつけた。

そこへ給仕たちの一団が、力ずくで客を掻き分けながら突進してきた。トリスタンはエリカをかばって上から覆いかぶさった。ついでにエリカの後頭部を触って確かめたが、出血はないようだ。軽い脳震盪らしいが、意識はある。

「ごめん、エリカ。こんなつもりじゃなかったんだ」

「行か……ないで……ちょうだい……」エリカが途切れ途切れに呟いた。

トリスタンは立ち上がると、前を通りかかった接客係の女性を引きとめた。

「何があったんですか?」

「放してください! 避難指示が出ているんです。地下に爆弾が仕掛けられているそうです」

トリスタンは接客係を通してやった。フレミングが時限発火装置を作動させたに違いない。すぐにここを離れたほうがいい。そして、合流地点に向かわなければ。

うまい具合に騒ぎに紛れて脱出できそうだ。エリカのほうを見ると、ふらつく足でなんとか立ち上がろうとしている。ところが、押し寄せる人の群れに突き飛ばされ、またもや壁に叩きつけられてしまった。このままでは危ない。人に踏みつけられるか、爆発に巻きこまれるかだ。

エリカを置き去りにするわけにはいかなかった。

「俺につかまれ」

トリスタンは床のルガーを拾い上げると、エリカを背負った。トリスタンの肩に頭をもたせかけて、エリカが呟く。

「そばにいて……ずっと……」

トリスタンは人々が殺到する出口に向かった。背中ではエリカが嵐の中で救命ボートにすがる遭難者のように必死でしがみついている。

出口の扉はパニックに陥った群衆によって破壊されていた。二人は砂浜を望む見晴らし台に出た。一列に並んだ投光器が海面まで明々と照らしている。さらにその煌々とした光は、取り乱したように喚き散らす数名の男女の姿を浮かび上がらせていた。

「フューラーを捜してくれ、早く！」

声の主はゲッベルスだった。マグダの姿も見える。その周りでは護衛のＳＳ隊員らが招待客らを蹴散らしながら夫妻を避難させようとしている。

「フューラー、フューラーはどこにおられる？　わたしがおそばについていなければ！」

ゲッベルスは異様に興奮していた。気が触れたように足を踏み鳴らしている。SS将校がうんざりした様子で〈小人〉の腕を摑む。

「フューラーはご無事です。ドゥーチェもご一緒です。あとでお会いになれますから。大臣はまず安全な場所までお逃げください。ご案内いたします」

「いいや！　今すぐ会わせろ！」

トリスタンはエリカを離れた場所に連れていき、ベンチに座らせた。エリカはなかなか手を放そうとしない。

「お願いだから……」

その言葉をトリスタンは唇で優しく封じた。

「さようなら」

トリスタンは立ち上がると、上から浜辺を見渡した。

ここからロールたちの姿を確認できるだろうか？　合流地点の浮き桟橋はどこだ？　目印の救護所は？


巡視艇はアイドリング状態で待機していた。船内では特殊部隊のメンバーの三人が身を潜めている。ロールは、フレミングとともに桟橋に立っていた。傍らではディ・ステッラ伯爵が双眼鏡を覗きこみ、避難する人々でごった返す現場の状況を確かめている。

「パラッツォは大混乱に陥っています。仲間のジュゼッペが非常警報を作動させたのが功を奏したようだ。これでお仲間がここまでたどり着けるといいのですが。だが、急いでもらわないとまずいな」

その横で、顔を血だらけにしたフレミングが怒りを滲ませた。

「まったく余計なお世話ですよ！　おかげで発火装置を作動させる時間がなくなってしまったではないですか！」

「《船が沈んだあとで救助法を知る》ヴェネツィアの諺です。どのみち、あなたは地下にたどり着けなかったでしょう」

「もし、あの接客係の女性が口を割って相手に伯爵のお名前が知れてしまっていたら？」

ロールが心配して尋ねた。

「ご心配なく。彼女を雇った男は偽名を使っていますから。ですが、わたしはすぐに関係者のもとに戻らないといけません。姿を見せないと怪しまれますので」

そう言うと、伯爵は巡視艇を指した。

「船長が直接潟《ラグーナ》の外にお連れします。ポヴェーリア島は経由できなくなりました。いずれにせよ、潜水艦はすでにランデブーポイントに到着しているはずです」

伯爵はロールに一礼をした。

「いつの日か、この戦争の終結をともに祝えることを願っています。あなたには真っ先に声をおかけしますよ」

それから、フレミングのほうを向いた。

「上のかたがたにお伝えください。ヴィットーリオ・エマヌエーレ三世もファシズム大評議会も、ムッソリーニをいつまでも支持するわけではないでしょう。イタリア人はこの戦争を望んではいないのです」

「ええ、しかと伝えましょう。伯爵の幸運を祈っています」

ロールとフレミングは伯爵の背中を見送った。伯爵はポケットに手を入れ、散歩でもしているように遠ざかっていく。なんとも名門貴族らしい鷹揚《おうよう》さだ。

「たいしたお人だな。あの度胸にあやかりたいものだ！」フレミングが呟いた。

船長が操舵室から顔を出した。

「もう出発しないといけません。たった今、無線で連絡がありました。潟《ラグーナ》を封鎖するため、哨戒艇が基地を出発したようです」

「駄目です。トリスタンが来るまでは」ロールはそう言うと、避難してきた招待客たちでごった返す浜辺に視線を走らせた。

船長は悪態をつき、とげとげしい口調で言い放った。

「ＳＳとタンゴでも踊りたいっていうなら、ここにいればいい。いいですか、あと三分で船を出しますよ。それ以上は待ちません」

トリスタンは海水浴場へ続く曲がりくねった木造の階段を下りていった。辺りは照明のせいで昼間のように明るい。男女の群れがひしめきあい、これからショーでも始まるかのように、パラッツォ・デル・シネマのシンプルなファサードに注目している。建物が夜空に吹き飛ぶ瞬間を今か今かと待っているのだ。

トリスタンは人目につくのを恐れ、走らずに先を急いだ。武装した黒シャツ隊や憲兵たちが浜辺のそこかしこで警戒に当たっている。ずらりと並ぶ水色の更衣室の裏手から回っていくと、百メートルほど先に救護所が見えた。

よし、あれだ。トリスタンは思わずスワスティカを握りしめた。

運は自分に味方してくれている。

右手に浮き桟橋が現れた。確かに巡視艇が着けている。桟橋の先端に人が立っているのがかろうじて見える。ロールか？　ロールだ。いや、どうだろう……。

砂浜を突っ切ろうと、足を踏み出したそのとき、頭上で女性の金切り声が響いた。

「その男を捕まえて！」

見上げると、砂浜に張り出したテラスからエリカが非難するようにこちらを指さしている。

「そこの、グレーのスーツを着た男よ！」

トリスタンは聞こえないふりをした。声に驚いた周囲の人々から好奇の目で見られているが、引きとめようとする者はいない。胸の鼓動がみるみる高まる。桟橋が目前に迫ってきた。船はすぐそこだ。舳先でライトが光った。

あとわずかというところで、目の前に二人の黒シャツ隊が立ちはだかった。

「止まれ《ハルト》」

トリスタンは立ち止まった。

「どうかしましたか？　ご覧のとおり、わたしはドイツ代表団の一員ですが」

「では、あちらの女性は、なぜあんなに叫んでいるのでしょうか？」

二人のうち、頬のこけた男がエリカを指さして言った。

「なあに、他愛もないことです」トリスタンはとぼけた。「ちょっと喧嘩をしまして。よくある痴話喧嘩ってやつです……女っていうのはまったく……。彼女、わたしが浮気をしたと思いこんでいるんですよ……」

相方の小柄な男が笑い声を上げた。声をかけてきた男のほうは信じていないようだ。

「そんな話はどうでもいい。身分証明書を見せてください」

六〇

一九四一年十二月
ヴェネツィア
リドの浜辺

トリスタンは上着から茶色の革財布を取り出し、ドイツ語で書かれた三つ折りの身分証を差し出した。黒シャツの二人は、写真とSSのシンボルマークがついた証明書を仔細に調べていたが、このまま通してくれそうな気配はない。

「捕まえて！　早く！　その男はスパイよ！」

振り返ると、エリカが大声を出しながら階段を下りようとしている。もはや一刻の猶予もならない。トリスタンはルガーを抜くと二人に突きつけた。

「地面に伏せろ。早く」

二人は驚いて後ずさった。だが伏せようとはしない。

「次はない。伏せるんだ」

即座に小柄なほうが言われたとおりにする。もう一方の黒シャツは慌てて銃に手を掛けたが、トリスタンのほうが速かった。続けざまに二発食らい、黒シャツはびっくりしたように目を見開いたまま、ばったりと倒れた。トリスタンはすぐに伏せている男を銃床で思いきり殴りつけた。

「そいつは裏切り者よ！　逃がさないで！」

エリカがどんどん近づいてくる。

トリスタンは二人の体を飛び越えると、船に向かって走った。あとほんの数十メートルだ。もう少しで助かる……。不意に左遠方からサーチライトの光が伸び、海岸線を浚《さら》うようにして、船が係留する桟橋のほうに近づいてきた。連打される鐘のようにこめかみがいっそう激しく脈打つなか、船員がもやい綱を解いているのが見える。

背後で何発か銃声が聞こえた。だが、トリスタンは振り向かなかった。もはや寸秒でも惜しい。

サーチライトの黄色い巨大な円がこちらに近づいてくる。操舵室の船長が慌てて叫ぶ。

「まずい。見つかった。船に乗って。早く！」

船体が小刻みに振動し、前後に傾くように揺れている。エンジンの回転数が上がった。

「待って！」ロールは声を張り上げた。人影が桟橋を走ってくる。トリスタンだ。間違いない。「彼よ。もうそこまで来ている！」

ロールは駆け出そうとして、フレミングに羽交い絞めにされた。

「時間切れだ。出発する。もう間に合わない」

ロールは激しく暴れ、隊員の一人がフレミングの助けに入った。ロールは二人がかりで船内に押しこまれた。エンジンが唸りを上げ、巡視艇が後ろを向いたまま桟橋を離れていく。船窓から、すんでのところで間に合わなかったトリスタンが桟橋の先端に佇んでいるのが見えた。


巡視艇が遠ざかっていく。ロールの顔が見えた。窓ガラスを拳で叩いている。

ゲームオーバーだ。自分にできることはただ一つ。

レリックが再びナチスの手に渡るようなことがあってはならない。トリスタンはスワスティカを取り出し、しばし見つめた。それから、潟《ラグーナ》の暗がりへと放り投げた。できうる限り遠くへ。

スワスティカは夜空に弧を描き、水の中に沈んだ。

巡視艇は明かりを消し、暗闇の中に紛れていった。

トリスタンは、不思議なほど穏やかな気持ちだった。

自分の使命はここで終わる。

この人生も。

作戦は失敗だ。ドイツ人は直ちに自分を捕らえて、拷問にかけるだろう。エリカが証人となって、徹底的に糾弾するに違いない。

けれども、エリカを恨むのはお門違いというものだ。トリスタンには運命を全うしたという奇妙な充実感があった。四つ目のレリックの探求は、きっとほかの誰かが引き継いでくれる。

風は穏やかだった。ピチャピチャと足もとの杭にぶつかる波の音が心地いい。天頂には無数の星が光の帯をなしている。

まさに旅立ちにふさわしいロケーションだ。

トリスタンはルガーの銃口を顎の下にあてがった。いつだったか、こうするほうがこめかみを撃ち抜くよりもはるかに確実だと聞いたことがある。

トリスタンは目を閉じた。

闇に覆われた世界を去り、光満つるところへ。

人差し指を引き金にかける——。そのときだった。背後で男の声がした。

「まったく無粋な真似をするものですな。自害をするならリドではなく、サン・マルコ広場でどうぞ」

トリスタンは振り向いた。ファシスト党上級指導者の純白の正装に身を包んだ男が立っていた。口の端に煙草をくわえ、笑っている。

「少しばかりあなたの後始末をさせていただきました」ディ・ステッラ伯爵は言った。

「どういうことです？」

「あなたが殴った黒シャツの男はもうこの世にはいません。それから、あなたのドイツ人の恋人ですが、ご本人が死にたくないと望むなら、すぐにでも手当てが必要でしょう」

トリスタンは銃を下ろした。胸が絞めつけられそうだった。

「エリカ……」

「恨まないでいただきたい。頭を狙いましたが、いかんせん距離が遠かった。射撃の名手と言われることもありますが、ご存じのとおり、この世に完璧というものは存在しませんのでね……。煙草はいかがです？」

トリスタンは銃を桟橋の上に置いた。またもや自分は運命に弄ばれているらしい。たとえるなら、わが身は一枚の葉であって、木から落ちたあとで風に舞い上げられたような感じだろうか。

伯爵の目がきらりと光った。

「あなたのとるべき道は二つに一つだ。わたしがあなたを匿《かくま》ってイタリア国外へ逃すか。それとも、引き続きドイツのお仲間のもとに残るか――。わたしは、イギリス人たちが黒シャツ隊とあなたの恋人を狙撃するのを見たと証言するつもりです。わたしのような立場の人間の言葉であれば、誰も疑問を差し挟もうとはしないでしょう」

トリスタンは頭を忙しく働かせた。エリカが死ねば、目撃者はいなくなる。自分は任務を続行し、第四のレリックを手に入れられる可能性がある。しかし、エリカが一命をとりとめて口を開けば、一巻の終わりだ。

危ない橋とわかって渡るか、どうか……。生き延びるとしたら、一つ目の選択肢のほうがはるかに確率は高い。後者を選ぶのは、馬鹿か、向こうみずな奴くらいなものだ。

トリスタンの迷いを察したか、伯爵が口を開いた。

「マルカスさん、あなたはヴェルディがお好きですか?」

「ええ。ワーグナーよりは……」

「ヴェルディの作品に、有名なオペラ『運命の力《ラ・フォルツァ・デル・デスティノ》』があります。わたしが思うに、この世には二種類の人間がいる。与えられた運命を受け入れる人間と、自ら運命を切り開く人間と。あなたはどちらだろうか?」

トリスタンが答えようとしたとき、急に辺りが真昼のように明るくなった。思わずトリスタンは目を細めた。サーチライトが周囲の桟橋や海面を照らし出している。にわかに浜辺が騒がしくなってきた。

トリスタンは煙草を深々と吸った。そして、煙をゆっくりと吐き出してから、きっぱり言いきった。

「後者のほうです。では、あのご機嫌なパーティーの招待客たちのもとに帰るとしますか」

再び命懸けのゲームが始まろうとしている。

「その前に」トリスタンは言葉を継いだ。「撃たれた女性の怪我の状態を確認したいのですが」

トリスタンは伯爵とともに武装した男たちがひしめく浜辺に戻った。伯爵が横にいると、安心だった。誰からも声をかけられることがない。この地では、ファシスト党の制服の前ではおとなしくするのが当たり前になっているようだ。

もと来た道をたどっていくと、例の黒シャツの二人の死体の周りに人が群がっていた。それを横目に二人はエリカが撃たれた場所へ向かった。

歩いていくうちに、トリスタンの決然たる思いは揺らぎそうになった。

エリカに対し、頭ではどうか死んでいてくれと願っている。その一方で、心では生きていてほしいと思う。

二人は現場に到着した。デッキチェアの前に親衛隊員たちが立っていた。その足もとに女性が横たわっている。あのブロンドは……間違いない。エリカだ。隊員の一人が顔の辺りを調べている。

トリスタンと伯爵はそばに近づいた。気配を察したように別の男が振り向いた。男はハイドリヒだった。

「ちょうどよかった」ハイドリヒが言った。「エリカ・フォン・エスリンクがテロリストに襲われたようだ。きみは連中を見なかったか？」

「いえ、わたしは伯爵と一緒でした。どうしてこんなことに？」

エリカのもとに行こうとすると、ハイドリヒの手袋を嵌めた手が遮った。

「妙だな。館内できみが彼女といるのを見た者がいる。彼女は意識を失っているようだったという話だ」

「人の群れに突きとばされたのです」トリスタンは説明した。「それで、わたしは彼女をベンチに座らせて、急いで医者を探しに行きました」

「間違いありません」伯爵が調子を合わせた。「わたしはこちらに助けを求められたので、救護所に案内しました。残念ながら、救護所には誰もいませんでしたが。それよりフューラーとドゥーチェはご無事でしょうか？」

「おかげさまで事なきを得ています。テロリストは爆弾を設置したものの、爆発させる余裕はなかったようです。この卑劣なテロ行為に手を貸した人間は、このわたしが野放しにはさせませんよ」

「そのような連中はぜひとも吊るし刑に処していただきたいものです」伯爵はそらとぼけた。「すんでのところで大惨事になるところでした」

「運命がそれを許さなかったということでしょう」ハイドリヒが答えた。「いつものごとく。フューラーとはそのようなかたなのです」

トリスタンはハイドリヒの脇をすり抜けようとした。

「そこを通してもらえますか。彼女に会わせてください」

すると、ハイドリヒは手をどけた。

「確かにきみは彼女にご執心のようだ……」

胸をわななかせながら、トリスタンはエリカのそばに跪いた。エリカの頭の下には光輪のように血だまりが広がっている。

背後でハイドリヒの声が響いた。

「安心したまえ。意識はないが、まだ息がある。彼女は助かるだろう。フューラーと同じく、きみたちはついている」

六一

一九四一年十二月
ロンドン
バッキンガム宮殿

侍従が扉を開け、首相を謁見の間に通した。この部屋は、歴代の首相をはじめとする多くの為政者《いせいしゃ》がそのキャリアで頂点を極めたことを、身をもって味わってきた場所である。チャーチルのように通い慣れている者にとっても、謁見の間には、やはりほかの場所にはない独特の趣があった。さらに言うなら、おそらくイギリスで唯一、喫煙が禁じられている――国王陛下の御前では――場所でもあった。だが、チャーチル自身は特例を認められていた。というのも、国王自身が無類の愛煙家だったからだ。

チャーチルはことさら王室に魅力を感じたことはなかったが、イギリスの歴史が王家抜きには語れないことはわかっていた。爆撃が激化するなか、ジョージ六世が宮殿を離れないという決断を下したことでイギリス国民が一致団結したのは、紛れもない事実なのだ。

部屋に入ると、チャーチルは国王に一礼した。国王はグリーンパークを見下ろす大きな窓の前に立って待っていた。窓からは燦々と光が降り注いでいる。この部屋でいつも目を奪われるのは、国王の執務机だった。国王の書簡に必要なもの一式が揃う。そのスタイルは何世紀も前から変わっていない。印璽《いんじ》に赤い封蝋。唯一近代的なものがあるとすれば、蝋を溶かすための金のライターくらいだろうか。

「やあ、お待ちしていましたよ、首相」ジョージ六世は力強く手を差し出した。

細身で青白い顔をした国王は、毅然として海軍提督の黒い制服を身に着けていた。公の場で着用する陸軍の軍服よりもこちらのエレガントな服装が自身の好みには合っている。名目上ではあれ、イギリス軍およびカナダ軍の最高司令官として、戦時中は毎日軍服を着用することを自らに課しているのだ。

「かけてください」

「では、お言葉に甘えまして。ここ最近、左膝がどうも言うことを聞かなくなりましてね。こいつは、ヒトラーが秘かに送りこんできた二重スパイなのではないかと疑っておるところです」

ジョージ六世は微笑んだ。だんだんチャーチルのユーモアにも慣れてきて、今ではこうして心から笑えるようになった。一九四〇年五月十日——ちなみにドイツが電撃的にフランス、ベネルクス三国に侵攻を開始した日でもある——に首相に任命した頃と比べて、二人の関係はずいぶんと変化した。当時、国王がチャーチルを首相としてふさわしくないと思っていたことは、公然たる事実だった。なにしろ、この男、ひじょうに気まぐれで、その行動は予測不能、しかも好戦的ときている。さらに、自ら王位を放棄した兄のエドワード八世(注7)を熱心に擁護し、支持していたことも、国王にはおもしろくなかった。だが、やがて奇跡が起こる。チャーチルはその情熱とエネルギーをもってイギリス中を鼓舞し、激励した。そして、国王自身もこの血気盛んな首相の魅力に引きこまれていった。一年半の時が流れるうちに、二人のあいだには揺るぎない信頼関係が築かれていた。互いに深い尊敬の念を抱いてもいる。今では、毎週首相より週報が届く。そして、それについて、週一回、二十年物のシングルモルトを片手に論じあうのだ。

「首相の健康を願って」

「陛下のご安泰を祈念いたしまして」

国王は再び笑みを浮かべ、王家の紋章が施された金のシガレットケースを開けた。そして、王冠をモチーフにデザインした白いフィルター付き煙草をつまんだ。本日、二十本目の煙草だ。長年苦しんできた吃音症を四年前に克服してからというもの、禁止されていた煙草の本数が一気に増えている。

「煙草は勧めないでおきましょう、ウィンストンくん」

チャーチルはロメオ・イ・フリエタに火を点けながら答えた。

「葉巻のほうが、だいぶ健康にはいいですからな」

それから一気にグラスの酒を飲み干した。これが二杯目の朝酒だ。チャーチルは満足げな笑みを漏らした。

「あなたもよほどお好きなようですね」

国王はそう言うと、再び窓辺に寄って公園を眺めた。

「実は朗報がありまして。チョビ髭男の攻勢が、モスクワの手前で膠着状態に陥っているのです。ベルリン放送はしきりにモスクワ陥落を伝えていますが、実際のところ、ドイツ軍は崩壊寸前です。そのうちヒトラーの奴は、ユダヤ・フリーメイソン陰謀説でもぶち上げるのではないでしょうか。彼らが自軍に紛れこんでいたなどとぬかして」

　窓から射しこむ太陽の光が、国王の顔を明るく照らしている。国王は腕組みをして、重々しい口調で述べた。

「陰謀といえば、あなたの週報を読みました。ヴェネツィアでのドージェ作戦について、言わせてもらいたいことがあります」

「そうではないかと思っておりました」

「ヒトラーとムッソリーニの暗殺計画に対して、わたしは懐疑的にならざるを得なかった。たとえドイツがわたしたち一家の誘拐を企てていた（注8）としてもです。それはあなたもご存じのはず」

「作戦の失敗に関して、全責任はこのわたしにあります。しかし、決行せねばならなかったのです」

　国王は長々と白い煙を吐きながら、否定するように首を振った。

「あなたは、当初の目的、すなわち第三のレリックの回収作戦に独裁者二名の暗殺計画を抱きあわせるという危険な賭けに出た。その結果がこれです。ヒトラーとムッソリーニは依然として生存しており、スワスティカは永遠に失われた。潟《ラグーナ》の底へ……」

　チャーチルは眉一つ動かさず拝聴していた。厳しい叱責も覚悟していたが、国王はほとんど感情を露わにしなかった。イギリスでは、国王は首相に個人的に意見することはできても、国政の遂行に関する一切の権限を持たない。むろん、戦争についても同様である。立憲君主制は、国王を〝君臨すれども統治せず〟という立場に押しこめているのだ。しかしながら、今や広く国民に敬愛され、名声が頂点に達したジョージ六世との関係は、チャーチルにとって何にも代えがたい大切なものとなっている。

　チャーチルは気まずくなった空気をなんとか和らげようとした。

「陛下、陛下とは腹を割ってお話をしたいと思っております」

「ええ、もちろんです。互いに率直に話せるからこそ、こうして特別な関係が築けているのですから」

　チャーチルはテーブルの上に両手をついた。

「そして、それは互いに信頼できる間柄だからこそでもあります……。レリックを探しているマローリー司令官に手を貸してやってほしいと、陛下よりお声がかかったのは今年の五月のことです。陛下にも申し上げたとおり、レリックなど胡散臭い話だとは思いました。ですが、ご依頼に応じました。マローリーはモンセギュールの作戦で目的を果たし、例の……ブツを持ち帰ってきました。その後、わたしはマローリーに命じ、SOE内に専門の調査部門を起ち上げさせたのです。お約束は守りました」

「あなたにはとても感謝しています。第二のレリックを回収し、ナチスに偽物を摑ませたところで、ドイツがロシア侵攻を開始したという事実は、評価すべきです。危険な賭けではありましたが、結果的に東部戦線が開かれ、敵の戦力が分散されたことで、イギリスは救われました」

「恐れながら、陛下、わたしには偶然としか思えませんが」

国王は立ったまま、彫像のように動かない。

「ウィンストンくん、王とは偶然を信じないものです」

チャーチルは葉巻を嚙みつぶした。

「わたしは骨の髄まで合理的にできている人間です！　摩訶不思議な力が働いてヒトラーがロシア侵攻に踏み切ったなど、そのような理屈はわたしには通用しませんぞ」

「わたし自身、理性こそが蒙昧《もうまい》の闇を照らす光であると信じています。かといって、神や測りがたい神意というものを信じていないわけではありません。われわれの理解を超える力が存在するのです」

「陛下、ご理解いただきたいのですが、わたしにはそのような思考法でこの戦争の采配を振ることはできません。ただし……」

「ただし?」

「わたしは実用主義者です。真偽のほどはさておき、魔力があるというそのレリックを見つけ出せば、この戦争の解決になんらかの形で役に立つかもしれない……。ならば、可能性は一つ残らずこちらに引き寄せておくに越したことはないでしょう」

すると、国王はチャーチルの前に座り、にっこりと笑った。

「よかった、ウィンストンくん。スワスティカはまだあと一つあります。マローリー司令官にはレリック探しに必要なものをすべて揃えてやってください。それから、司令官のチームにアレイスター・クロウリーが加わっているようですが、あの男から目を離さないように。ひじょうに危険な人物です」

「なぜですかな?」

国王はそれには答えなかった。チャーチルは苛立ちを覚えた。なんでも知らないと気が済まないたちなのだ。

「何もおっしゃらないことが、お答えというわけですな。しかしながら、陛下、わたしにはどうしても解せぬことがあり、それで悩んでおるのです」

「ずっと悩んで?」

「はい。陛下はなぜ、それほどまでにあのレリックの力を信じておられるのですか?」

国王は鼻筋をこすった。逡巡しているしるしである。

「すまない、ウィンストンくん。それは言えません。少なくとも今はまだ」

「どうしても伺えないでしょうか。その……聖杯探求に本気で向きあうための材料がわたしには必要なのです」

国王は思案しているようだった。父王ゆずりの大理石のように白く冷ややかなその面差しは、まるでスフィンクスだ。

しばらくして、国王が口を開いた。

「確かにあなたの言うとおりですね。あなたの目には何もかもが奇異に映っているに違いない。ですから、一つ教えましょう。父のジョージ五世も、この四つのスワスティカの伝説を知っていました。父の父も、王位を継承してきた先祖すべてが。そして、ヨーロッパ大陸の全王室が」

「その、なんと申し上げればよいか……。驚いて……言葉になりません」

「レリックの探求は昨日今日始まったものではありません。はるか昔、西洋で最初に王制が敷かれたときにまで遡るのです。そして、探求をなおざりにした王朝は滅亡しています……。これが、今あなたにお伝えできるすべてです」

そこで言葉を切ると、国王は立ち上がった。会談の終了を告げるサインだ。

「これ以上、お引きとめしておくわけにはいきませんね。首相、あなたにはやらなければならないことが山ほどある」

続いてチャーチルも立ち上がると、敬意を込めて一礼し、国王が差し出した手を握った。国王の言葉を聞いて、チャーチルは内心安堵していた。信じがたい話ではあるが、少なくとも陛下ご自身が妄想にとり憑かれていたわけではない……。それはチャーチルが最も恐れていたことだった。過去に王族が乱心した例は少なくないのだ。

チャーチルが部屋から出ようとしたとき、ジョージ六世の声が響いた。

「ウィンストンくん、あなたがわたしの話を信じていないのはわかっています。しかし、ヒトラーがスワスティカを失ったことにより、大きな出来事が起こるはずです。数日中に……」

チャーチルはその場に凍りついた。

「これはわたしからの忠告です」国王は続けた。「四つ目にして最後のレリックを見つけ出してください。それが世界の終末を避ける唯一の方法です」

六二

一九四一年十二月
ロンドン
S局本部

テムズ川を望むネオ・バロック様式の七階建て建築。その最上階の窓辺に立ち、マローリーは、泥水が運ばれていく川面を見下ろしていた。まともなロンドン市民なら、誰一人、あの川面に足先をつけるような愚かな真似はしないだろう。なにせ病原菌の温床である。厄介な病気を引き受けでもしたらたまったものではない。まったく、すべての元凶は大空襲《ザ・ブリッツ》だ。爆撃で全市域の三分の一にあたる水道管と下水道が破壊された。道路工事業者は急ごしらえの管渠《かんきょ》で間に合わさざるを得ず、結果、大量の廃水がテムズ川に放流されることになったのだ。

マローリーは窓を閉めると、デスクに戻った。この新しいオフィスに越してきたのはほんの二日前のことだが、すでに部屋中に充満するひどい湿気の臭いに悩まされ、常に換気をしなければならないという状況である。マローリーの部署がこの名の知れぬ建物に移動することになったのは、首相直々の命令があったからだ。建物の入口にも、事務所のある階にも、SOEの非正規の部門〈S局〉の入居を示す表札の類は一切ない。

〝S〟はスワスティカ（swastika）の頭文字。

つまり、S局はスワスティカの探求に特化した部署なのだ。

オフィスは最上階の全フロアを占めているが、その四分の三はまだ空だった。首相からは、人員増強のために海軍情報部が雇っていたオカルトの専門家集団を受け入れると言われている。今後、S局は水面下で動くアーネンエルベのレプリカとなるのだ。

電話機の赤いランプが点滅した。受話器を取ると、秘書の愛嬌のない声が用件を告げる。

「フレミング中佐とミス・デスティヤックがお見えになりました」

「通してくれ」

マローリーは肘掛け椅子にもたれ、事の次第を思いめぐらした。二人はミッションから戻ってきたばかりだったが、すでにフレミングからは、海軍情報部に提出した報告書のコピーを受け取っている。報告書はこの種の文書にしては驚くほどよく書きこまれており、書き手の無念がひしひしと伝わってきた。とはいえ、その大部分が暗殺計画の失敗についての言及であって、レリックを失ったことは二の次にされていた。

マローリーは、今回の件をフレミングほど悲観的に捉えていなかった。なによりスワスティカがドイツの手に渡らなかったことが重要なのだ。だが、フレミングにとっては、効力の確認できないレリックなどどうでもいいことらしい。

両開きのドアが開き、二人が入ってくると、マローリーは立ち上がって迎えた。ロールが苦渋に満ちた表情を見せる一方で、フレミングの顔は試合に敗れたボクサーのように腫れ上がっている。

「無事に帰ってきてくれてよかった」マローリーは穏やかに声をかけた。

「ありがとうございます、司令官」フレミングが答えた。「わたしの報告書にご不明な点でもありましたか?」

マローリーは、机の上の茶色いファイルを人差し指で軽く叩いた。

「いや。きみたちの顔が見たかっただけだ。もちろん、すべてが計画どおりにいかなかったことは残念だ。きみも残念だろうが、われわれも遺憾に思う」

マローリーが二重の任務について当てこすっても、フレミングは気づかないふりをし、くぐもった声で答えた。

「作戦現場の責任者として、お願いがあります。こちらのロール……いえ、マチルダ隊員の並外れて勇敢な行為は軍事勲章に値します。何とぞお取り計らいください。もちろん、トリスタン・マルカスにも……」

「わたしも賛成だ。きみの提案は受け入れられるだろう」

マローリーはそう答えると、ロールのほうに目を向けた。

「だが、ロール、残念ながら、戦争が終わるまでは身に着けることはできないぞ。SOEの任務に支障を来すからな」

ロールはフレミングを冷ややかに見つめてから、マローリーに向きなおった。

「お飾りなんてどうでもいいです。リド島にトリスタン・マルカスを置き去りにしてきてしまいました。彼に必要なものは勲章ではなく、ナチスの魔の手から逃げ出すための助けです。彼がまだ生きていれば、の話ですが」

フレミングの顔がこわばった。

「決断したのはわたしです。どれほど優秀で貴重な人材だとしても、彼を助けるわけにはいきませんでした。残りのメンバーを危険に晒すことになりますから」

二人のあいだには緊張した空気が漂っていた。二人の関係が険悪になっているのは火を見るよりも明らかだ。マローリーは内心残念に思った。だが、これ以上ひどくなることもあるまい。ミッションは終了している。フレミングは海軍情報部に戻り、ロールはS局で仕事を続けることになるのだ。

「ロール、中佐の言うとおりだと思う。その状況において適切な判断を下したということだ。マルカスについてだが、これより救出を試みる」

マローリーは今度は淡い黄色のファイルを取り出して、先ほどのファイルの上に置いた。

「すべてはこの中に書かれている。ここで内容を明かすわけにはいかないがね。数時間後に作戦を開始する」

　ファイルの表紙には、〝００７〟と数字だけが書かれている。

「彼が無事脱出できればいいのですが。しかし、なぜまた、このような数字を？」興味津々といった顔でフレミングが訊いた。

「そんなに気になるかね？」

「数字マニアなのです、いわゆる……。数字は宇宙の秘密の言語です。といっても、神秘主義とはまったく違う世界の話です」

　ロールが横から口を挟んだ。

「隊長から数秘術の仕組みを聞かされました。それによると、一九四四年にフランスが解放されるそうです。たぶん、わたしを喜ばせようとしただけだとは思いますけど」

「それで……この００７というのは？」

「先週、管理部から、活動中のエージェントにコードナンバーを割り当てるよう要請があったんだ。それで、マルカスにはこの数字を選んだ。彼のコードネームの〝ジョン・ディー〟にちなんでね」

「おっしゃる意味がよくわからないのですが」

　マローリーは立ち上がると、壁一面を覆う書棚に近づいた。棚には百冊近い希少本やインキュナブラ（注9）が丁寧に並べられている。マローリーはその中から赤い表紙の傷んだ本を抜き出して、デスクに戻った。

マローリーはその本の巻末のページを開いた。左ページには、先の尖った顎髭の老人が描かれている。右ページの文章はエリザベス朝の英語が使用され、ところどころに十二星座の記号が配されていた。

「これはジョン・ディーの『魔術五書（Five Books of Mystery)』、正真正銘の本物だ。ここに彼の肖像画がある。占星術師であり、錬金術師でもあるこの数学者は、知ってのとおり、エリザベス一世のもとで間者をしていた」

マローリーは肖像画の下部を指さした。

「ディーの首の下を見たまえ。彼のマークだ」

「ディーは女王に極秘文書を送る際、コードナンバーの００７を使い、このマークをサイン代わりにしていた。二つの０は女王の目を表している。《あなただけにお見せします《フォー・ユア・アイズ・オンリー》》ということだ。７はディーのお気に入りの数字で、１から６までの数字が持つすべての意

味を内包し、真理の探究を象徴する。マルカスと同じく、ディーも聖なるスワスティカを探求していた。それで、ディーの名前とコードナンバーをマルカスにあてがったのだ」

　フレミングが微笑んだ。

「ダブル・オー・セブンですか。なんだかいい響きですね」

　マローリーは本を閉じた。

「きみがこの手の話にそれほど興味を示すとは、おもしろいな。だが、十六世紀にディーがすでにレリックに目を向けていたことは、今話したとおりだぞ」

　フレミングが立ち上がった。

「悪く思わないでいただきたいのですが、そちらの伝説を信じる気はまったくありません。ヒトラーがそのお護りだかなんだかを失ったところで、イギリスに都合がいいような出来事など起きていませんよね」

「きみはギャンブル好きだと聞いている。どうだ、最上級のウイスキー一ケースを賭けて、わたしと勝負しないか？　伝説が正しければ、間もなく大きな事件が起こるはずだ。われわれに有利に働くようなな」

「喜んで乗りましょう」フレミングが答えた。「ところで、司令官、よろしければ、そろそろ失礼させてください。一時間後に海軍本部で会議があります。欠席するわけにはいきませんので」

「もちろんいいとも」

すると、フレミングはロールに頭を下げた。

「いつか、ヴェネツィアでのことを許してもらえる日が来ることを願っている。だが、あするしかなかったんだ」

「そうおっしゃるのなら、そうなのでしょう……」


フレミングが退室し、ロールとマローリーは二人きりになった。

「おもしろい男だな、フレミングは」マローリーが言った。「彼の報告書はなかなか読みごたえがあったぞ。あれは作家のセンスがあるな」

「まあ、せいぜい頑張って冒険ものでも書いて、地獄にでも売りこみに行ってくればいいんだわ」ロールは吐き捨てるように言った。「ところで、先ほどトリスタンを救出する方法があるようなことをおっしゃっていましたが」

「ああ、フレミングの前では話すわけにいかなかったのでね。彼が引き取るまで待っていた……。この作戦には、うちの局のある男の力が必要になる」

マローリーが再び受話器を取った。

「クロウリーさん？　わたしの部屋に来てください」

そう言って受話器を置くと、再びロールに目を向けた。

「きみが不在のあいだも、しっかり仕事はしていたぞ。地獄の火《ヘルファイア》クラブのモイラ・オコナーを覚えているか？」

「ええ、忘れるわけがありません。あの墓地にいた赤毛の悪女《わる》」

「モイラにはクロウリーが二重スパイだと思いこませ、クロウリーがあの女に流した情報がベルリンの雇い主に届くようにしてある。そして……」

ドアをノックする音がして、マローリーは話を中断した。両開きのドアが大きく開き、クロウリーが入ってきた。ロールは驚きを隠し、魔術師の姿をまじまじと見つめた。ヴェネツィアに発つ前に会ったときのエキセントリックな風貌とは似ても似つかない。今日はオーソドックスなグレーのウールの三つ揃いに赤いネクタイを締めていた。ベストまで丁寧に仕立てられた高級スーツだ。口にパイプをくわえ、髪にはきちんと櫛を入れ、視線も泳いでいない。栄えあるマローリーのチームの一員としては申し分のない出で立ちである。体重までいくらか減らしたようだ。

「これは、これは、マチルダ嬢。よくぞご無事で。またお目にかかれるとは、嬉しい限りですな」

クロウリーは恭しく手に接吻すると、先ほどまでフレミングが座っていた席に落ち着いた。

「ちょうど、あなたからモイラに渡してもらう情報について、彼女に話していたところです」

そう言って、マローリーは００７のファイルから、ＳＯＥのレターヘッドのついた一枚の通信文を取り出した。

「この前モイラに流した情報については、何か反応があったのかな?」

クロウリーがパイプに煙草を詰めながら尋ねた。

「翌日にはナチスの破壊工作員たちが荷物をまとめて逃げています。敵はまんまと引っかかりました。そして、こちらが、新しい情報です。〝ドイツに潜入しているわれわれの仲間に宛てたメッセージ〟ということになっています。これでトリスタン・マルカスを助け出すことができるはず。モイラはそうとは知らずにマルカス救出に手を貸すことになるわけです。内容を確認してください」

ロールとクロウリーは身を乗り出して文書を読んだ。

《第三スワスティカ作戦失敗。ただちにエリカ・フォン・エスリンク工作員を脱出させせよ。フランス人は消せ》

ロールはこのオフィスに来てはじめて頰を緩めた。

「向こうがこの嘘を真に受けてくれれば、トリスタンにとってはチャンスかもしれません……でも、あの女にとっては……。ゲシュタポの前に突き出されることになりますよね?死ぬまで拷問にかけられるのでは?」

マローリーは座ったまま腕を組み、難しい顔をした。

「確かに胸が痛まないと言ったら嘘になる。だが、それでトリスタンが任務を続行できるようになるなら、ためらいはない。この戦争に勝たせてくれるというなら、地獄の業火でもなんでも煽ってみせる。両陣営にそれぞれレリックが一つある今、最後の一つが決め手となる。その最後の一つを手にするのは、われら正義の陣営でなければならない」

するとクロウリーが机の上の灰皿をパイプでコツコツ叩いた。

「いやいや、見事な御託ですな！　正義があって悪がある。自由を賭して……」クロウリーは皮肉を飛ばした。「つまり、おたくはレリックを手にした者が力を与えられるものと信じているわけかね？」

「今では信じています。信じているのはわたしだけではありません」

不意にクロウリーは拳でドンと机を叩いた。ロールは驚いてクロウリーを見つめた。その肉づきのよい顔の下に隠されていた意思が突然表に現れ、クロウリーはみるみる厳しい表情になった。

「おたくらが五月にモンセギュールのレリックを手に入れると、六月にヒトラーがソ連に侵攻した。新たな戦線が開かれたわけだ。なあ、願ってもないような幸運だったな。イギリスはほっと胸を撫で下ろしたもんだ。ナチスの狼はイギリスに背中を向けると、今度は赤い熊に牙を突き立てた。いいか、笑う者の陰には必ず泣いている者がいるぞ。見ろ。数十万人の兵士が戦死し、例を見ないほどの市民の大量虐殺がおこなわれているではないか」

マローリーは黙っていた。クロウリーがこんなに興奮している姿を見せるのははじめてである。

「そして今、おたくの嘘っぱちのメッセージが、罪のない人間を惨たらしい死へ追いやろうとしている。ああ、そうだろうとも。その女はどうせドイツ人だ。われわれの敵だよ。そうか、今や屠殺場と化したこのヨーロッパで、女一人の命くらいどうってことないかね？ さては、そのスワスティカへの妄執に人間性を奪われてしまったか」

「性倒錯者の魔術師が道徳の説教をぶつとは、これまた椿事《ちんじ》ですな」マローリーはやり返した。

「おたくは自分が正義の側にいると思いこむあまり、本質的な問題を見失っている」

「本質的な問題とは？」

クロウリーはマローリーをじっと見据えた。その目はギラついて、今にも相手を催眠にかけてしまいそうな勢いだった。そして、その口から発せられた声は部屋全体に共鳴した。

「そのレリックが、実は悪魔の道具だとしたら？」

EPILOGUE

一九四一年十二月七日
北太平洋

ジョゼフ・ロッカード二等兵はあくびをした。

畜生。目がひりひりしやがる。

レーダーの画面をずっと睨んでいたせいだ。顔を上げ、壁の時計に目をやった。午前七時三分。当直の時間が終わるまであとまだ三十分以上ある。そのあとは基地へ戻って休息をとる。ロッカードは窓から外を眺めた。朝の太陽がオパナ・レーダー基地のある岬を、息を呑むほど美しい光で満たしている。明け方に射しそめる曙光は、夜間当直兵だけが享受できる至福の光景なのだ。

ロッカードは伸びをすると、何気なく画面を覗きこんだ。

画面上方に、ポッと六つの緑色の輝点が現れた。ジョゼフはすぐに当直将校に連絡すべく受話器を取った。躊躇はない。保安上決められた手順に従うまでだ。電話口で眠そうな声が応答する。

「どうした？」

「中尉、画面上に輝点が認められます」

「前回のように鳥の間違いではないのか？」

「いえ、そうではないようです」

「わかった。すぐ行く」

三分後、半ズボンに白いTシャツ姿のカーミット・A・タイラー中尉がレーダー室に入ってきた。中尉は顎をポリポリ掻きながら画面を覗きこんだ。

「気にするな。サンディエゴから来たB－17爆撃機の飛行中隊だ。昨晩のうちに連絡を受けている。フィリピンに向かう途中、ここで燃料補給をすることになっている」

画面上では、輝点の数が順々に増加している。

「変です、中尉。飛行中隊にしては機影の数が多すぎます。日本軍ではないでしょうか？」

「ロッカードくん、少し休んだほうがよさそうだな。日本はここから七千キロ離れているんだ。ここまで攻撃しに飛んでくるなんて、いくらなんでもそんな狂気じみた真似はしないさ。空母を派遣してきているとも思えない」

「基地に知らせなくてもよろしいのですか？」ロッカードは不安になって尋ねた。

「些細なことで警報を鳴らしたりするなよ。この前は、海軍司令官から大目玉を食らったからな。では、寝に戻るが、当直が終わったら起こしてくれ」

タイラー中尉はアメリカ軍の中でも第一級の迂闊な士官として歴史にその名を残すこと

になる。中尉がベッドで横になっていた頃、日出づる国の大艦隊がオパナ・レーダー基地の沖合三百七十キロの海上を航行していた。六隻の空母、二隻の戦艦、三隻の巡洋艦と九隻の駆逐艦がハワイに奇襲攻撃をかけるため、はるばる航進してきたのだ。すでに空母からは、火と鉄の雨を降らせるべく、三百を超える爆撃機と戦闘機が飛び立っていた。

レーダーが捉えてから二十七分後、まず敵の戦闘機が上空に現れ、オアフ島の北を海岸線すれすれに低空飛行した。この偵察をおこなったゼロ戦闘機がアメリカ機と遭遇することはなかった。警報が鳴らされなかったからである。

偵察機のパイロットは南雲忠一《なぐもちゅういち》司令長官に報告を入れた。

真珠湾《パールハーバー》眠れり。

その十分後、アメリカ海軍基地が置かれたオアフ島——太平洋に浮かぶ天国のように美しい島は地獄絵図と化した。奇襲作戦に成功した日本軍は、パールハーバーを残骸瓦礫の山に変えてしまったのである。

アメリカ合衆国が完膚なきまでに叩きのめされた。

アメリカ議会がフランクリン・ルーズベルト大統領の宣戦布告の要請に賛同したのは、翌日の一九四一年十二月八日になってからだった。大国アメリカが目覚め、イギリス、ソ連と手を合わせるようになる。

パールハーバーが奇襲攻撃を受けた日、ウィストン・チャーチル英首相は協力者らと抱きあい、所有する中で最高級のウイスキーを開けたと言われている。回顧録で、チャーチル首相は次のように書いている。

《アメリカ合衆国がわれわれの側についたことはわたしにとって最大の喜びであったと公言しても、わたしを非難するアメリカ人は一人もいないであろう》

そして、紛争の炎は世界中を赤く染めていく。

ドイツとイタリアが日本を支持し、アメリカに宣戦布告した。枢軸国対連合国。賽は投げられた。領土拡張を目指して死闘が繰り広げられるなか、世界は巨大な二つの陣営が対立する構造を呈していった。紛争の雌雄を決するのが兵器と兵隊である。だが、両陣営には、それとは趣を異にする戦いが展開されていることを知る者たちがいた。

互いに聖なるレリックを有する者同士が対決するオカルト戦争。今、双方五分五分の状態にある。

一つ目は難攻不落のヴェヴェルスブルク城にあり、二つ目はアメリカで厳重に保管されている。

三つ目がヴェネツィアの潟《ラグーナ》の底で永久に眠るのであれば、残るはあと一つ、四つ目のレリックだ。

最後の一つ。
戦争の運命を決するスワスティカである。

【次巻へ続く】

謝辞

企画当初よりわれわれを支えてくださっているジャン＝クロード・ラテス社のみなさま、われわれの本のために多大なるご尽力をいただいている販売元のアシェット社のみなさまに感謝いたします。

巻末脚注

第二部〈承前〉

（32）**ドイツアフリカ軍団**

第二次世界大戦中にイタリア領リビアに派遣された、ドイツ国防軍部隊の一つ。

（33）**ロメオ・イ・フリエタ**

キューバ産の葉巻の銘柄で、チャーチルが愛用していた。

（34）**ドージェ**

イタリア語で元首の意。ヴェネツィア共和国、ジェノヴァ共和国などの総督を指す。

（35）**フリゲート艦**

大型の巡洋艦と小型の駆逐艦の中間に分類される軍艦。

(36) **ゾグ一世**
アルバニア最後の国王。一九三九年にイタリアが侵攻を始めると、ギリシャに亡命し、その後、イギリスやフランスを転々とした。

(37) **〈新テンプル騎士団〉**
アドルフ・ヨーゼフ・ランツによって創設された反ユダヤ主義の秘密結社。

第三部

(1) **SAS**
イギリス陸軍の特殊部隊。特殊空挺部隊（Special Air Service）の略称。

(2) **犢皮紙《とくひし》**
死産した子牛の皮をなめして作った皮紙。

(3) **晴朗きわまる処《セレニッシマ》**
ヴェネツィア共和国の呼称。ほかに〝アドリア海の女王〟とも呼ばれた。

（4）**アマースト・ヴィラーズが開発したスーパーチャージャー**
工学者のアマースト・ヴィラーズが開発し、英ベントレー社のモータースポーツ車に装備された。

（5）**ジョン・バカン**
当時人気のあったアングロ・サクソン系のスリラー小説の作家（一八七五－一九四〇）。

（6）**ノーム**
スイスの錬金術師パラケルススが提唱した四大精霊のうち、大地を司る精霊・妖精。主に地中で生活している。

（7）**ゴモラ**
旧約聖書の〈創世記〉に登場する都市。住民の不道徳のため、ソドムとともに天の火によって焼き滅ぼされたと伝えられる。転じて、罪悪の都市をいう。

（8）**バベル**
旧約聖書の〈創世記〉に登場する都市。人間が天にも届くような高い塔を築きはじめたのを見て、神がその奢りを怒り、人々の言葉を混乱させ建設を中止させたと伝えられる。

（9）**ジョン・ブル**
ジョン・ブルは、アンクル・サム（アメリカ合衆国政府、あるいは典型的アメリカ人の俗称）やマリアンヌ（フランス共和国を擬人化した女性像）のような典型的なイギリス人像。

（10）**かつてあったことは、これからもあり、かつて起こったことは、これからも起こる。太陽の下、新しいものは何ひとつない**
旧約聖書の〈コヘレトの言葉〉一章九節。

（11）**パディ**
アイルランド人の別称で、パトリックから派生している。パトリックはアイルランドにキリスト教を広めた聖パトリックに由来し、カトリックの家庭に多く見られる。しばしば、イギリス人がアイルランド人を軽蔑して呼ぶときに使われる。

（12）**トミー**
イギリス兵を表す俗語。

（13）**ノストラダムスの四行詩**
十六世紀のフランスの占星術師ノストラダムスの著書『ミシェル・ノストラダムス師の予言集』の中の詩を指す。

（14）**ユンカー**
ドイツ、東エルベ地方の地主貴族。大農場を経営するとともに、高級官僚・上級軍人を輩出、プロイセンの支配階級を形成した。保守的、反自由主義的で、ドイツ軍国主義の基盤となった。

（15）**ルイポルト・ギムナジウム**
ミュンヘンにあるドイツの中等教育機関。

（16）**メダイヨン**
建築における円形あるいは楕円形の壁面装飾。

（17）**同志よ、いざ進め《アヴァンティ・ポポロ》**
ファシズムに対抗して歌われた『バンディエラ・ロッサ（赤旗）』の歌詞でもある。

(18) **投獄**
一九二三年、ミュンヘン一揆が失敗に終わったのち、ヒトラーはヘスとともに収監される。五年間の禁固刑を言い渡されるが、九か月後に釈放。

(19) **コンドッティエーレ**
中世の傭兵。傭兵隊はイタリアの都市国家と傭兵契約を結んで雇用された。

(20) **ファスケス**
斧の周りに木の棒の束を結びつけたもので、権威や結束、団結を象徴する意匠として使われ、ファシスト党の党章にもなっている。

(21) **フィアンマーレ**
イタリア語。フランベ（フランス語）と同義。ブランデー、ラム酒、ウイスキーなどアルコール度数の高い酒を調理の最後にフライパンに注ぎ、アルコール分を飛ばす調理法。

(22) **デチマ・マス**
イタリア海軍の特殊精鋭部隊。人間魚雷を運用する潜水部隊として知られている。

(23) 一九三四年の会談

一九三四年、ヴェネツィアでムッソリーニとヒトラーの会談がおこなわれたが、オーストリア問題の利害で対立、会談は物別れに終わっている。

(24) 黒い貴族

一八六一年から一九二九年にかけてイタリア王国とローマ教皇庁とのあいだで起きた政治的な問題において、教皇庁を支持する立場をとったローマの貴族たちを指す。ボルゲーゼ家はイタリア王国の名門であり、〝黒い貴族〟の構成員だった。ユニオ・ヴァレリオ・ボルゲーゼはボルゲーゼ一族の生まれである。

(25) 〈われらが海《マーレ・ノストルム》〉

ヒトラーが〝生存圏〟を主張したように、ムッソリーニによってファシズムのプロパガンダとして用いられた言葉。

(26) 一九二二年、ムッソリーニとともにローマを歩いた

一九二二年十月、ムッソリーニは黒いシャツ（初期ファシズムの基幹勢力となった武装行動隊の制服）を着てローマを行軍し、政権を掌握した。

第四部

（1）キャンティ

イタリアのトスカナ地方産の赤ワイン。

（2）ヴェネツィア国際映画祭

一九三二年、ファシスト政権下で創設された国際映画祭。一九三四年から一九四二年までは、ムッソリーニ賞を最高賞とした。

（3）『オリンピア』

一九三八年にドイツで製作されたベルリンオリンピックの記録映画。ヴェネツィア国際映画祭で最高賞のムッソリーニ賞を獲得した。

（4）クラシック音楽で使用される標準音叉

十九世紀まではまだ基準ピッチが設定されておらず、国やオーケストラ、劇場などによってばらつきがあった。ヨーロッパでは一九三九年にナチス宣伝相ゲッベルスによって、A（ラ音）＝四四〇ヘルツがオーケストラの公式ピッチとして定められた。最終的には国際基準協会が国際基準としてこれを採用している。

（5）ひまし油

ひまし油は下剤にもなり、ファシスト党は自白を強要するために敵対者に大量のひまし油を飲ませる拷問をおこなっていた。

（6）ドリアン・グレイ

ドリアン・グレイはオスカー・ワイルドの小説『ドリアン・グレイの肖像』の主人公。原作では、ドリアンは純粋無垢な女優シヴィルから〝魅惑の王子《プリンス・チャーミング》〟と呼ばれている。この小説は幾度も映画化されており、一九四五年公開の作品内では、シヴィルはドリアンを〝トリスタン卿〟と呼んで崇拝する。

（7）エドワード八世

一九三六年、国王エドワード八世は離婚歴のある平民のアメリカ人女性ウォリス・シンプソンと結婚するため、戴冠式を目前に退位する。その後、弟のアルバートがジョージ六世として王位に就いた。また、エドワード八世はナチスに傾倒していたとみられている。

（8）ドイツがわたしたち一家の誘拐を企てていた

一九四〇年、ヒトラーは、バッキンガム宮殿に特殊部隊をパラシュートで降下させて国王一家を誘拐する計画を立てていた。これを受け、宮殿では有事の際に国王を緊急脱出させるための態勢が整えられた。

(9) **インキュナブラ**
グーテンベルクの聖書以降、金属活字によって印刷された活字本で、一五〇〇年以前のものを指す。

著者解説

本書のようなスリラー小説においては、嘘かまことか、曖昧な部分ははっきりさせておいたほうがいいだろう。この〈黒い太陽〉シリーズが、フィクションでもありノンフィクションでもあることは、前作の『ナチスの聖杯』（シリーズ第一巻）の巻末でも指摘しているとおりだ。本作でも作品の理解を深めていただくために、解説を設ける。

一．ナチスはクレタ島で発掘調査をおこなったのか？
二．エリカ・フォン・エスリンクは実在したのか？
三．「００７」はジョン・ディーのコードナンバーだったのか？
四．アレイスター・クロウリーは実在したのか？
五．ＳＯＥはアレイスター・クロウリーを雇ったのか？
六．チャーチルの相談役の妻はクロウリーと親しかったのか？
七．総統になる前にヒトラーが歩んできた人生について語られた内容は事実か？
八．アーネンエルベの研究は考古学に特化していたのか？
九．ヒムラーは魔術や秘教に傾倒していたのか？

十．ナチズムの本質はオカルト思想にあったのか？
十一．ヨーゼフ・ランツは実在の人物か？
十二．カール・ヴァイストルト上級大佐は実在したか？

一．ナチスはクレタ島で発掘調査をおこなったのか？

一九四一年五月、ドイツ軍の空挺作戦によってクレタ島が占領されると、時を置かず、複数のサイトで一斉に発掘調査がおこなわれた。十一か所に上る発掘現場の調査結果は一九五一年にドイツ国内で公表されている。クノッソスの遺跡については、すでにイギリス人考古学者のアーサー・J・エヴァンズがその発見について雑誌などで発表していたことから、広く認知されていた。それにもかかわらず、ナチスがこのサイトの調査を進めたのは、自国の考古学調査の技術力がどこよりも高いことを内外に示そうとしていたからである。

二．エリカ・フォン・エスリンクは実在したのか？

エリカ・フォン・エスリンクは、エリカ・トラウトマンという実在する女性に着想を得て作り上げたキャラクターである。実際にエリカ・トラウトマンの家族はゲーリングと親交があり、また、本人も考古学者であった。アーネンエルベの研究員の一人、アルトハイム・フランツに惹かれてアーネンエルベに志願し、雇用されてからは、フランツとともに南ヨーロッパの先史時代の洞窟をはじめ、イラクの砂漠まで調査に向かった。

三．「007」はジョン・ディーのコードナンバーだったのか？

ジョン・ディーに関する記述は史実に基づいており、本書292ページの〈007〉の図も実際のものである。ジョン・ディーはまさしくエリザベス一世に仕えた間諜だった。ジョン・ディーに詳しいイアン・フレミングは、自身のスパイ小説の主人公ジェームズ・ボンドのコードネーム〈007〉を、ここから借用しているとの興味深い説もある（ただし、実証はされていない）。

四．アレイスター・クロウリーは実在したのか？

アレイスター・クロウリーは二十世紀最大にして最後の魔術師とされている。オカルティストであり、麻薬の依存や淫行、怪しげな魔術の儀式、奇行、世界各地を転々と旅していたことなどでも知られる。本書では、地獄の火《ヘルファイア》クラブの株主であったことになっているが、これに関してはフィクションである。ちなみに、地獄の火《ヘルファイア》クラブは十八世紀に実在した秘密結社である。

五．ＳＯＥはアレイスター・クロウリーを雇ったのか？

ＳＯＥが魔術師を採用した実績はない。ウィンストン・チャーチル首相自身、ＳＯＥ内に魔術師を招集して特殊な部門を設置することはなかった。一方、クロウリーは、第一次世界大戦中にドイツ人のために働いたと疑われたあと、諜報機関に自分を売りこんでいる。また、フレミングが所属していたイギリス海軍情報部は、占星術師のルイ・ド・ウォールに協力を要請し、ドイツ軍司令官らのホロスコープを作らせている。海軍情報部部長のジョン・ゴドフリーは魔術や占星術といった神秘学に高い関心を寄せていた。

六．チャーチルの相談役の妻はクロウリーと親しかったのか？

英国議会のパーシー・ハリス卿の妻、フリーダ・ハリスがクロウリーのためにタロットカードの絵を描いたという話は事実である。パーシー・ハリスはクロウリーに国会を見学させたこともある。

七．総統になる前にヒトラーが歩んできた人生について語られた内容は事実か？

事実の部分と虚構の部分がある。実際に起きた出来事を時系列に記述しているが、それらの出来事に含ませた一部は、作者の自由な解釈によるものである。ヒトラーの人生について正確に把握するのであれば、イアン・カーショーのヒトラーの評伝（訳注：『ヒトラー』（上・下）川喜田敦子訳・石田勇治監修／白水社）を参照されたい。若い頃のヒトラーは北方民族の神話や、ランツのような人々が普及させた怪しげなオカルト理論に熱中していたが、政界で頭角を現すようになると、それらに対する興味を失っていく。不思議な力を持つスワスティカを肌身離さず着けていたという部分はフィクションである。しかし、政治秘密結社のトゥーレ協会と頻繁に接触していたことは事実だ。このトゥーレ協会との関わりがあったことで、ヒトラーは国家社会主義ドイツ労働者党の前身、ドイツ労働者党の中心的存在となっていった。

八．アーネンエルベの研究は考古学に特化していたのか？

アーネンエルベは世界各地に考古学調査団を派遣する傍ら、人文・自然科学のさまざまな分野において多くの研究者を採用し、雑誌にも研究結果を発表している。オカルトや秘教に特化した部門は小規模ではあったが、戦略部門とみなされた。また、アーネンエルベは強制収容所で身の毛もよだつような人体実験・薬物実験も実施している。それについては、次巻で触れたい。

九．ヒムラーは魔術や秘教に傾倒していたのか？

ヒムラーは、ユダヤ人大虐殺《シヨア》を指揮し、殺戮集団の頂点に立ちながら、オカルトに傾倒し、輪廻転生を信じていた男だった。オカルト関係の書物ばかりを集めたヒムラーの壮大なコレクションは一万三千冊を数える。すべてヨーロッパ中から略奪してきたものである。ヒムラーのヴェヴェルスブルク城には親衛隊の事務局が置かれ、ヒムラー自らが異教趣味の儀式を執りおこなった。隊員たちはこの城で、たとえば〝地球空洞論〟といった数々の荒唐無稽で矛盾した理論の講義を受けていた。

十．ナチズムの本質はオカルト思想にあったのか？

ナチズムは、何よりもまず人種差別政策を前面に打ち出したイデオロギーだった。全体主義体制の確立を目指し、その計画には経済および軍事政策、弾圧、そして、もはや理解不能だが、ジェノサイド《大量殺害》が組みこまれていた。

ヒトラーは民主的な方法で権力を掌握したが、当時の政治と経済の状況がそのような結果をもたらしたということでもある。

アーリア人の優位性、ユダヤ人や〝劣った人種〟の排斥、軍隊的な結社（たとえば親衛隊のような）の創設といったナチズムの思想の骨格は、ヒトラーが台頭する前からはびこっていたオカルト的な〝思想家〟たちの主張の中に見られたものだ。ナチズムの本質はオカルト思想にあるわけではないが、その非人道的なイデオロギーは、邪悪な神秘主義信仰に培われたものだった。この〈黒い太陽〉シリーズが描くのは、まさにその部分である。

ちなみに、ナチスの虐殺の対象になったのは六百万人のユダヤ人だけではない。ロマ、戦争捕虜、フリーメイソン、反ナチス、共産主義者、キリスト教徒、身体障碍者、同性愛者……など、数え上げればきりがない。むろん、この世界戦争の犠牲者が六千万人に上ることも忘れてはならない。

十一．ヨーゼフ・ランツは実在の人物か？

元修道士のランツは雑誌〈オースタラ〉の創刊者であり、ゲルマン的神秘主義、人種差別主義の〝思想家〟たちの中でもとりわけ影響力のある一人だった。〈新テンプル騎士団〉の創設者でもある。ヒトラーはこのランツと出会っていると見られ、また、個人的にも〈オースタラ〉誌のバックナンバーを揃えていた。

十二．カール・ヴァイストルト上級大佐は実在したか？

長きにわたりヒムラーに影響を与えた親衛隊少将《ブリガーデフューラー》のカール・マリア・ヴィリグートという人物がいるが、カール・ヴァイストルトの人物像はこのヴィリグートに着想を得た。ヴィリグートは自らを異教の継承者であると思いこみ、独特の神秘思想と宗教観念を推し進め、数年間、精神病院に入院していたこともある。アーネンエルベでの活動記録もあり、ヒムラーをそそのかして親衛隊の拠点としてヴェヴェルスブルク城を購入させ、そこで怪しげな魔術の儀式を執りおこなっていた。何冊か本も執筆しており、その筆名の一つがカール・マリア・ヴァイストールとなっている……。

訳者あとがき

『邪神《メシア》の覚醒』（原題 La nuit du mal）は、『ナチスの聖杯』に続くエリック・ジャコメッティ&ジャック・ラヴェンヌのサーガ〈黒い太陽〉の第二作である。フランスでは二〇一九年五月に出版されている。

ここでまず、前作の『ナチスの聖杯』のストーリーについてさらっておこう。

一九三八年十一月九日の夜、ユダヤ人が経営するベルリンの古書店にナチス親衛隊が押し入り、一冊の書物が強奪された。『トゥーレ・ボレアリスの書』と呼ばれるその手稿本には、世界を征服する力を持つという四つのスワスティカの伝説が書かれていた。

翌年、その本の記述に基づき、親衛隊長官のヒムラーがチベットにアーネンエルベの調査団を派遣する。チベットの奥地で一つ目のスワスティカを発見した調査団は、それを本国に持ち帰った。スワスティカを手に入れたドイツはポーランドに侵攻、第二次世界大戦が勃発する。その後もドイツの侵略路線は次々と成果を上げていった。

ヒムラーとアーネンエルベ所長のヴァイストルトは、さらに二つ目のスワスティカを求めてスペインのモンセラート修道院に赴く。修道院にはスワスティカの在りかの手がかりとなる絵画が隠されていたのだが、絵画はすでにフランス人の画商トリスタンに持ち去られたあとだった。ヴァイストルトはバルセロナで収監されていたトリスタンを見つけ出し、絵画に隠された暗号を解読させる。そして、スワスティカが南仏のモンセギュールにあることを突きとめると、トリスタンとともにモンセギュールの城跡に向かう。モンセギュールでは、ヒムラーが遣わした考古学者のエリカも調査に加わった。エリカはトリスタンと協力して城の地下の洞窟でスワスティカを探し当てるが、スワスティカは二つあった。一つは本物で一つはダミーである。

その頃、ドイツに抵抗していたイギリスはナチスの不穏な動きを察知していた。チャーチル首相直下の諜報機関ＳＯＥの司令官マローリーは、敵側にスワスティカが渡るのを阻止すべく、現地のレジスタンスとともにモンセギュール城に乗りこむ。激しい争奪戦が繰り広げられた結果、本物のスワスティカを手にしたのはマローリーだった。一方、ドイツ側はダミーを摑まされたことに気づいていない。この戦闘で、イギリスに協力していたレジスタンスのリーダー、ジャンは命を落とし、また、ヴァイストルトも深手を負った。マローリーはジャンから娘のロールを託され、イギリスに連れ帰る。

イギリスに渡ったロールは父の仇を取るためにＳＯＥの工作員に志願すると、厳しい訓練にも耐え抜き、短期間のうちにめきめきと力をつけていく。その能力と資質を認めたマローリーは、ロールを自分のチームに引き入れるのである。

そして、終盤では、それまで出自が曖昧だったフランス人トリスタンの正体も明かされる。トリスタンはマローリーの命でナチスに潜入しているスパイだったのだ。

偽のスワスティカを摑まされたドイツは、一九四一年六月二十二日、不可侵条約を破ってソ連に侵攻する。イギリスは、ドイツが攻撃の矛先を変えたことで窮地を脱した。

今やスワスティカはドイツ側に一つ、イギリス側に一つ。残るスワスティカはあと二つである。はたして、両陣営のオカルト戦争の行方やいかに……。

さて、『邪神《メシア》の覚醒』では、イギリスがモンセギュール城で獲得したスワスティカは大西洋を渡り、遠くアメリカへと運ばれることになる。そして、第三のスワスティカをめぐり、舞台は新たにクレタ島からオーストリア、そして、ヴェネツィアへと移っていく。

さらに作者は、画家への夢を絶たれ、人生の落伍者のように生きていたアドルフ・ヒトラーのさえない青年時代にも遡ってみせている。独裁者ヒトラーという他に類を見ない怪物がどのような過程を経て形成されていったかが虚実交えて語られ、興味深い構成となっている。また、今回は、奔放なオカルティストのアレイスター・クロウリーや、００７ジェームズ・ボンドの生みの親でもあるイアン・フレミング、英国王ジョージ六世といった好奇心がそそられるキャラクターたちが次々と登場する。それらの実在の人物がどう描写され、どうストーリーに絡んでくるかも読みどころの一つだと言えよう。

前作同様、本作も勢いのある筆致で次々と場面が切り替わり、ストーリーが目まぐるしく展開していく。フランスのネット上での読者の感想はおおむね好評で、「読みだしたらとまらない」「早く続きが読みたい」といった声が多く見受けられ、ル・ポワン誌の書評欄でも、ジュリー・マロール氏が《えぐい描写あり、どぎついシーンあり、それでも読まずにはいられない要素が盛りこまれたスリリングな冒険譚》と評している。

第二次世界大戦がどのような結末を迎えるかは誰もが知るところだが、次巻ではスワスティカの魔力が戦争に与える影響がどのように描かれるのだろうか。楽しみである。

本書の翻訳にあたっては、江村諭実香、郷奈緒子、練合薫子の三名で分担し、全体を大林がまとめた。文責は大林にある。

最後に、竹書房編集部の藤井宣宏氏には的を射た貴重なアドバイスをいただき、たいへんお世話になりました。心からお礼を申し上げます。また、本書を訳す機会を与えてくださった翻訳家の高野優先生には翻訳のコーディネートもしていただきました。ここに深く感謝申し上げます。

二〇二〇年三月吉日

大林　薫

邪神の覚醒《メシア》　下
LE CYCLE DU SOLEIL NOIR Volume 2
LA NUIT DU MAL

2020年4月23日　初版第一刷発行

著者…… エリック・ジャコメッティ ＆ ジャック・ラヴェンヌ
監訳…… 大林 薫
翻訳…… 江村論実香／郷奈緒子／練合薫子
翻訳コーディネート …… 高野 優
カバーイラスト …… 久保周史
デザイン …… 坂野公一（welle design）
本文組版 …… 株式会社エストール

発行人 …… 後藤明信
発行所 …… 株式会社竹書房
〒102-0072　東京都千代田区飯田橋 2-7-3
電話　03-3264-1576（代表）
03-3234-6301（編集）
http://www.takeshobo.co.jp
印刷所 …… 中央精版印刷株式会社

ISBN978-4-8019-2193-1 C0197